꽃보다 아름다운 사랑

전 병진 지음

지식과교양

지은이의 말

삶의 새로움을 추구하는 마음속에 인생에 삶과 죽음 앞에 악과 선이 있다는 것을 모르고 살아왔다. 지구에 생명체는 경쟁의구도안에서 추구하는 끝없는 무욕에서 내포된 자족의 삶을 살아가지만, 자신이 지향하는 육체와 정신은 한정된 힘의 발상으로 잠식되고 있다. 자신이 해명되는 많은 정신과 행동과 언어로 추구하여 상대의 마음에 상처와 눈물로 이어지고 비통함을 만들게 된다.

사람은 탐욕으로 권세와 부를 누리기 위하여 수단과 방법을 가리지 않고 행동하여 선을 앞질러 가지만 시간에 차이는 있을지 모르지만 악은 선을 능가 할 수는 없는 질리다. 악은 선 앞에 무너지는 인과응보(因果應報)이기에 악을 선으로 지혜롭게 용서가 피로하다.

그동안 길고도 먼 여정을 살아오면서 승부수에만 내 인생을 내몰고 되돌아보지 않는 자아인식에서 비롯된 실과 득을 비로소 알게 되었다. 모든 것이 푸른 생명체에서 반사된 전율을 식별하게 되었다. 가진 자는 오늘의 사회를 살아감에 서로 베풀고 나눔이 있어야 한다고 믿고 있다. 글을 쓰면서 혹시나 독자의 가슴에 누가 되지 않을까, 염려된다.

하나에 검을 만들기 위하여 쇠를 달구고 수많은 망치질을 하여 갈고 다듬어 담금질에 마침내 원하는 검이 되듯이 "행복과 기쁨을 얻기까지의" 노력이 피로하다. 하나의 글을 쓰기위하여 만은 일들을 직조해낸 언어와 행동을 구상함으로 일구어 수록하여 대상물과 연계하는 작업을 하였지만 어디인가 부족함을 느낀다. 꽃보다 아름다운 사랑으로 보듬어 주기 바란다.

평생을 살고 덤으로 살고 있는데 얼마를 더 버티고 있을지는 아무도 알지 못한다. 남아있는 동안이라도 겸손한 마음으로 배우고 쓰면서 사물의 거시적 관점에서 시대의 감미로운 존재론을 글로 남겨, 보는 이에 마음에 조금이라도 삶의 휴식 공간을 만들어 줄 수 있다면 여한이 없다고 생각합니다. 이글은 과거사의 줄거리를 이어가면서 창작한 소설임을 이해하기 바랍니다. 광복 70주년을 맞아 암울했던 일제감정기의 조선민족의 핍박당했던 일들을 수록하여 후세에 남겨, 일본의 추악 무도했던 만행을 후손에 알리려는 뜻이다.

01 객지생활

한반도 백두대간은 태백산 단군신화가 거기서 나온 백의민족 문화로 연결되었다. 하늘과 땅 사이에 사람의 사상이 화합하는 음은 땅이요 양은 하늘이라 했다.

남으로는 소백산과 지리산으로 이어졌다. 북으로는 설악산 금강산 백두산을 만들었다. 한강의 발원지 태백산 검용소는 하루에 2천톤의 자연수가 솟아난다.

금수강산 한반도 조선은 배달민족으로 무구한 역사를 가진 나라다.

그러나 일본으로부터 국권을 침탈당해 모든것이 막살 되었다.

태평양전쟁으로 일본이 패망하자 한반도 조선은 해방이 되었으나 단일민족 이지만, 사상과 이념 때문에 비극으로 척추가 잘리게 되어 남과. 북으로 갈라졌다.

남쪽에는 대한민국정부가 북쪽에는 조선민주주의 인민공화국이 수립되어 분단되었다. 곧이어 동족상잔의 비극이 닥쳐왔으니 형제끼리 반목으로 원수처럼 총칼을 겨누는 민족 최대의 시련을 맞게되었다. 이 모든 것은 일본제국주의 침략으로 국권을 침탈 당하여 36년동안 일제강점기를 겪게 되었기 때문이다.

아버지 정재민 어머니 김신자 두분 슬하에 장남 명규, 장녀 순림 16세. 차남 명덕, 3남 명헌, 4남 5남매 가족이었다. 그때 행정구역은 강원도 강릉군 교동 지명 소올에 살았다. 택호는 진사 집 시조51세 할아버지께서 진사벼슬을 했기 때문에 그렇게 불렀다.

　그러나 진사 댁이라는 택호 때문에 친일파들에게는 조선의 뿌리 깊은 선비 집안은 항시감시의 대상 되었다. 그들의 행패 때문에 아버지께서 과거 선비 집안이라는 것을 모르는 곳에서 살기위해 강릉 농토를 매각 했다. 다른 곳으로 살러가기로 하였다. 북쪽 양양군 현남 으로 농토를 사게 되면 다섯 배의 농토를 살 수 있기에 팔아서 그리로 이사를 했다. 그곳에서 대농을 하게 되었고 친일파들의 감시를 피할 수가 있었다.

　일본은 남의 나라를 통제로 삼키고도 모자라 청국,그리고 미국까지 침략을 하기위하여 조선백성 장정들은 징용 여자들은 허울 조운 돈벌이 정신대라 하여 전쟁터에서 성노예로 꽃도 피우지 못한 소녀들 까지 끌려갔다.

　순림은 보통학교를 졸업하고 아버지께서 정신대 피하기 위하여 김창호 에게 혼인을 일직 시켜 처가살이를 했다. 그 시절에는 농업이 전부였기에 농사일뿐 별도로 할 일이 없는 터라 생계가 막연했다.

　철없는 결혼생활 김창호는 처가살이가 힘들었다.

　대가족에, 중농은 하지만 1년 농사 땀 흘려 수학 해놓으면 일본인과 친일파들이 몰려와 이 잡듯이 집을 뒤져다. "쌀 어디에 있어" 모두 내놔라, 천왕을 위하여 공출하는 것이라고 빼앗아 갔다.

　콩기름을 짜고 남은 찌꺼기 대두박(大豆粕)도 없어 굶주리던 대동아 전쟁 막바지 초근목피(草根木皮)나물죽 '송구' 소나무껍질을 연명했다. 쇠붙이 놋그릇 등은 전쟁무기 만드는데 사용하기위하여 빼앗아 갔다.

　신혼 생활 처가살이에 힘들은 창호는 자립을 해야 되겠다는 생각으로 고향을 떠나기로 생각하였다.

　여보, 우리 농사 그만두고 항구도시 원산에가서 살면 어떻겠소.

　당신 타향살이 힘들지 않겠소.

이대로만 있을 수는 없지 않소!

당신 뜻대로 하세요, 저는 당신가자면 저승길 어디라도 따라갈 것입니다.

밤을 지새우며 생각 끝에 떠나기로 두 사람은 결정 했다. 어머니에게 이대로만 이곳에서 살수 없기에 저이들은 원산으로 갈려고 하니 허락하여주십시오.

생각이 그렇다면 뜻대로 하게, 이곳에 살아야 왜놈들 때문에 힘들게 살 바에야 다른 곳에 가서 희망을 일으고 사는 게 좋을 듯하네, 허락을 밭은 신혼부부는 타향살이 준비를 하였다.

옷과 먹을 것은 어머니께서 챙겨주시는 것을 보자기에 싸들고, 단봇짐 메고 아버지께 작별인사를 드리었다.

아버지. 어머님. 건강하게 계세요,

그래 객지생활 몸조심하고 안부편지 자주해라,

아쉬운 작별 삶의 길을 찾아 가는 것은 험난했다. 첫날은 걸어서 갈만도 했다. 그러나 3일째는 발에 물집이 생기고 쩔룩거리며 걸었다. 밤이면 남의 집 처마 밑에 거적을 깔고 노숙을 했다. 걸고 또 걸어서 5일 만에 원산에 도착했다.

오라하는 사람 반겨줄 사람 없는 원산항 뱃고동 울어대는 타향살이 막막했다. 이곳저곳을 기웃거리며 살 곳을 찾아 헤맸다. 무작정 원산에 오게 된 것은 어느 곳이나 있을 곳이 없기는 마찬가지다.

찾아 간곳은 소주를 만드는 양조장이었다. 마당에는 직원들이 오가고 마튼 일에 열중하고 외부에서 찾아온 사람에게는 관심이었다.

일하고 있는 직원들에게 물어보았다. 이곳에 일할 수 있습니까?

우리는 모르겠소! 퉁명스럽게 대답을 하고 있었다.

누구에게 말하면 되겠습니까?

사무실에 가서 사장님께 말해보시오,

사무실 문을 열고 들어섰다.

사장님 양양에서 왔습니다. 일할 수 있게 하여주시면 열심히 하겠습니다.

그래요 마땅하게 일 할자리는 없는데 소주 만드는 공장 화부자리는 있는데 계속 장작불피우는 일인데 그런 곳이라도 하겠소?

감사합니다! 열심히 하겠습니다.

그 시절만 해도 장작불을 피워 소주를 내리는 시절이었다.

그럼 내일부터 출근하시오. 출근하고 퇴근 하는 시간은 별도로 정해진 시간은 없소.

그래도 괜찮습니다.

24시간을 할 때도 있고 사정에 따라 적당한 시간에 집에 다녀올 수가 있었다. 그러나 떠돌아다니며 이것저것 가식하는 처지 찬밥 더운밥 가리는 형편 못되었다. 앞으로 살아갈 셋방을 구하기 위해 이집 저집을 찾아다니며 방을 구하기 위해 헤메었다. 대문을 열고 들어서니 규모가큰 부잣집 갖았다. 주인계십니까? 크게 목청을 돋워 주인을 찾았다.

할머니가 문을 열고 누구요?

저이들은 양양에서 원산에 살러왔습니다. 할머니 방을 하나 구하려고 합니다. 빈방이 있으면 하나 주세요?

젊은이들 사정이 그렇다면 대문 옆에 빈방이 있는데 괜찮으면 쓰도록 하시오.

문을 열고 들어다보니 오랫동안 비어 있어 문지가 한 치는 되게 싸여 있었다. 할머니 저이들 주시면 사용하겠습니다. 그렇게 행랑채 작은 방을 구했다.

청소를 하고 단봇짐을 풀어 놓고 여보 이제 우리 여기에서 살아가게 되었소! 창호와, 순림 부부는 그렇게 보금자리 둥지를 틀었다.

할머니 내외는 아들은 일본으로 유학을 가고 딸은 결혼하여 함경도에 살고 외롭게 살고 계시기에 순림은 부모님처럼 생각하고 보살펴드리었다.

소주공장 불을 피워 술 내리는 화부일은 고달프지만 열심히 일했다.

그들은 그래도 행복한 생활에 사랑이 영글어가고 있었다. 힘들지만 엄동설한에는 장작불앞에 거적을 깔고 졸아가며 추위는 견딜 수 있었다. 삼복더위는 화덕 열에 온몸이 땀에 젖고 숯검정에 굴뚝에서 빠져 나온 것 같게 힘들어 이렇게 고생을 하고 살아가야 하나 생각하니 망망대해 같았다.

1년 동안 그래도 참고 열심히 일하고 있는데 사무실에서 여직원이 찾아와서 사장님께서 김씨 아저씨 오라고합니다.

무슨 일인데요? 하고 물으니.

저는 잘 모르겠습니다.

부지런히 사무실로 들어가서,

사장님 찾으셨습니까?

그래, 내일부터는 소주 만드는 부서에 일해 보겠나!

예, 하겠습니다!

열심히 기술도 배워야지.

예, 열심히 하겠습니다.

1년이라는 세월동안 부지런하게 일하며 기술도 배우고 월급도 많이 받게 되었다. 만족한 기분으로 퇴근하였다. 1달이 되어 월급봉투를 들고 들어오면서 여보, 소주 만드는 부서로 옮겨서 월급도 많이 받았소.

당신 잘되었네, 집에 기다리고 있던 순림이 즐거워했다.

소주 만드는 부서에서 일하며 하나하나 눈여겨보면서 기술 배우는데 최선을 다했다.

그러나 일본은 전쟁준비에 조선인들에게 가진 노역을 다 시켰다.

일본은 소주 공장 젊은이들을 전쟁터에 강제로 차출하여 가고 있었다. 그때 순림이 친정 고향에도 일제의 침탈에 백성들은 힘들게 살아가고 있었다.

순림이 삼촌은 친정집 옆에서 살고 있었다.

그시기에 일본은 대동아전쟁으로 조선 사람들에게는 그들의 전용물로 이용하려 했다.

일본은 대륙 간 철도 연결하는 동해안 북부선 철도공사를 했다. 청년들은 전쟁에 징집하고 처녀들은 허울 좋게 돈벌이 시켜준다고 정신대 성노애로 끌려갔다. 전쟁에 쓸모없는 노약자는 강제노역장에 일을 해야 했다.

공사현장에서는 같은 민족인 친일파들은 조선사람이지만 소처럼 일을 시켰다. 조선 사람들은 소처럼 매질까지 당하며 뚜벅뚜벅 걸어 이뤄내야 할 소처럼 참고 견디며 일만했다. 괴로움 속에서도 언젠가는 왜놈들을 쫓아내고 자주독립된 조선을 찾으리라는 생각으로 조선의 백성들은 참고 견디었다.

호시우보(虎視牛步)생각으로 소처럼 일하지만 언젠가는 호랑이처럼 무서운 조선 사람들의 기백을 보여주리라는 생각은 조선백성들의 생각들이었다.

순림이의 삼촌 재순은 양양군 현남면 구장거리에 살았다. 강제노역장 철도공사장에 일만하고 그들이 주는 일당으로 생계를 이어가고 있었다.

순림이 숙모 이영순 집에 물을 얻어 마시려고 친일파(십장)감독이 찾아왔다.

목이마른데 물 한 그릇 얻어먹을 수 있겠습니까?

예, 물 드리지요,

한 그릇을 들고 나온 젊은 여자는 보기 드문 미모를 가진데 반해 그녀를 정신없이 바라보고 있었다.

물 가져 왔습니다.

예, 물그릇을 받는 다는 것이 미모의 아름다움에 정신적인 향유를 느끼다 땅에 떨어뜨렸다.

죄송합니다. 물을 다시 갖다 드리겠습니다. 다시 물을 갖다 주고 죄송합니다.

괜찮소! 물을 받아들고 단숨에 들이켰다. 시원하고 물맛 참 좋소. 잘 먹었습니다.

친일파 공사현장 감독은 그 후부터는 툭하면 물 얻어먹는다는 핑계로 찾아갔다.

아주머니 계시오,

누구십니까.

목이타서 물 얻어 마시러 왔소,

문을 열고 보니 전번에 물 마시고간 그 남자였다.

물 가지러 부엌에 들어가자 따라 들어가 토방에 걸터앉아 아주머니 미색은 시골에서 썩기가 아까워요,

놀리지 마세요, 부끄럽게 왜 그러십니까.

농담을 하며 친분이 가까워지고 시간만 나면 찾아가 농담하고 그녀를 꾀었다.

남편이 공사현장 일을 하고 있지요,

예, 현장에서 일합니다.

힘들지 않는 자리에서 일하게 해주고 일당도 많이 받게 해주겠습니다.

정말 그렇게 해주시겠어요?

내가 현장 감독인데 그 정도야 해줄 수 있지요, 그러면 얼마나 고맙겠습니까.

걱정하지 마십시오, 그러면 나에게는 무었을 해줄 수 있습니까?

그렇게만 하여주신다면 저도 무슨 부탁이든 내가 할 수 있다면 해드리겠습니다.

그래요, 오늘 저녁 어두워지면 저기보이는 뒷동산 묘 있는 곳으로 오면 말하겠소. "약속 하지요?"

알겠습니다!

어둠이 세상을 덮어 놓자 남의 눈을 피해 약속장소에 갔다.

단둘이 만나 감독의 감언이설(甘言利說)에 남자의 품에 안겼다.

십장님 저의 남편 힘들지 않는 곳에 일하게 해주서야 합니다.

알았소. 걱정하지 마시오,

당신 남편을 내가 힘들지 않는 곳에 일을 시키고 나에게는 당신이 필요하오. 그러면서 그녀를 끌어 않았다. 이영순은 시골에 묻쳐서 그저 남편과 자식 낳으며 살아가지만 달콤한 사랑은 느껴보지 못한 터라 가슴이 콩닥 콩닥 거리었다.

또한 남편을 위한다는 어리석은 생각에 십장 청을 거절하면 닥쳐올 보복이 두려워 친일파 감독에게 몸을 맡겼다. 그 일이 있은 뒤에도 아무도 모르게 약속 장소 뒷산 잔디밭에서 계속해서 만났다.

날이 갈수록 음탕한 관계에 빠져 두려움과 공포에서 멀어져가고 있었다. 남편에게 맛볼 수 없는 욕정의 쾌감을 그녀는 알게 되었다. 옛말, 중이 고기 맛을 보면 등잔불에 빈대도 잡아 구어 먹는다는 속담 같은 그들이었다.

남편은 노동에 지쳐 섹스를 하지 못하는데 반하여 그는 자신의 쾌감보다. 상대 여성의 오르가즘을 추구하는 야수 같았다. 영순은 친일파든 아니든 논할 가치가 없이 황홀함에 빠져들었다.

매국노와 유부녀가 맺어서는 안 되는 불윤은 누구인들 막을 수 없이 깊은 수렁으로 빠져들었다. 시간만 나면 두 남녀는 남의눈을 피해가며 수시로 만나 인생에 없어서 안 되는 사랑을 조물주가 만들었기에 즐긴 다고 생각했다.

그러나 시골이라 낮말을 새가 듣고 밤 말은 쥐가 듣는다는 속담과 갖이 오래가지

못하고 소문이 났다. 그들은 남을 의식하지 않고 계속되는 음탕한 생활은 자제할 수 없이 정이 들어갔다. 시골이라 소문은 꼬리를 물고 퍼졌다.

형님께서 동서 요사이 안 좋은 소문이 떠돌고 있으니 조심하고 십장과의 관계를 청산하게.

형님 어쩔 수가 없습니다. 내 마음을 억누르지 못합니다. 이제는 될 대로 되는 수밖에 없어요!

동서 무슨 소리야 가정주부가 불윤을 계속하면 안 되지 청산하고 정신을 차리게.

알겠습니다. 대답은 그렇게 했지만 자석 같은 불륜은 떨어질 수 없었다. 영순은 이대로 있다가는 남편이 알면 맞아죽는다는 생각이 뇌리에 스쳐갔다. 공사현장 십장과 만나 대책을 세우기로 생각했다.

해가 서산에 넘어가고 풀벌레들이 산과 들녘을 소리 내어 구슬피 울어대고 있었다.

찾아온 십장을 부둥켜 않고 뜨거운 입술을 마주대고 당신 이제 나를 책임지세요!

왜 그래 소문이 나서 저의형님까지 알고 있어요, 목에 매달려 철없는 아이처럼 나 이제 어떻게 하면 되는지 말해주세요,

알았어! 그러면 나를 따라 갈수 있겠소!

어디로 가요?

다른 현장으로 멀리 떠나면 되지 않겠나!

그러면 언제쯤 가게 될까요?

곳 떠날 수 있게 소장님께 부탁드리겠소!

여보 이제는 당신과 함께 어디라도 따라갈거에요…….

나도 당신을 놓치고 십지 않아요! 팔베개를 하고 누어 어두운 밤하늘 쏟아지는 별빛을 쳐다보았다. 저 별빛이 앞날에 닥쳐올 운명의 검은 그림자가 될지 밝은 별빛이 될지는 아무도 생각지 못했다

출근하여 친일파십장은 소장님 저를 다른 현장으로 보내 주시오,

왜 다른 현장으로 가려하나?.

딱한 사정 있기에 부탁드립니다.

알았소! 포항 현장소장께 찾아가서 내이야기를 하고 그곳으로 가시오!

감사합니다. 인사를 하고 사무실을 나왔다.

여자는 달콤한 성욕에 빠져들면 남편과 자식을 헌신짝처럼 버리고 앞으로 닥쳐올 일은 생각지 않았다.

02 가출하는 영순

입을 옷과 젖먹이 병만이 만 등에 업고 포항현장으로 모두 잠들어 있을 때 야반도주 길을 떠났다.

그때 불륜에 빠져 행복한 생각만 했지 그녀는 집안 식구들의 불행은 생각지 않았다.

남편 정재순은 노역장 일을 끝내고 집에 돌아왔으나 아이들 어미가 보이지 않았다. 형수님 집사람 안 들어 왔습니까?

새벽에 나갔는데 아직 돌아오지 않아서요.

웬일로 어디에 가서 오지 않을까, 그녀가 돌아오기를 기다리며 밤이 지나고 해가 중천에 떠올라도 모든 것을 버리고 떠난 사람은 돌아오지 않았다.

하늘이 무너지고 땅이 꺼지는 현실은 가슴이 갈기갈기 찢어지는 고통의 아픔이었다.

누구에게도 말할 수 없는 비참한 심정은 생애 공포와 전율마저 느끼게 했다

부부는 사랑하고 평생 함께 하기로 맹세하고 믿고 삶아 왔는데 약속을 어기는 것은 인간 필연이란 말인가.

강제노동에 육체적 고통, 마음에 쓰라린 상처 술로 달래며 미쳐가는 자신을 돌보지 않고 되는대로 살다 죽으리라는 생각뿐이었다.

철도공사현장 힘든 노역에 신경을 쓰다 기어이 쓰러지고 말았다.

정신적 고혈압으로 수족을 마음대로 음직일수 업게 되고 거동조차 힘들어 졌다.

하늘도 무심하지 나에게 무슨 죄가 있어 이렇게 벌을 내린단 말인가, 차라리 나를 죽게 하여주십시오.

앞으로 어떻게 살아야 한단 말인가, 비 오듯이 쏟아지는 눈물 삼키면서 세상을 비관하고 산다는 자신이 비굴하고 초라했다.

마음대로 죽지도 못하는 것이 인생이다. 인명재천(人命在天)인가 땅을 치고 배신한 여자를 원망하고 천벌을 너는 받을 것이다. 그러나 갈 곳도 없었다.

생각다 못해 형님 댁으로 가기로 생각했다.

아이들 3남매와 함께 재현 형님 댁으로 힘없는 '일신을' 지팡이에 의지하고 더부살이로 들어갔다. 동생 그래 잘 왔다. 힘들지만 함께 살아가세 살다보면 조운 날이 있지 않겠나! 동생의 딱한 마음을 위로 하여 주려는 뜻이 맞아드렸다.

형님 고맙습니다.

동생 무슨 소리야 사는대로 함께 살세,

형님의 집은 8칸집 그래도 방이많아서 한지붕 밑에서 두집 식구 살기에는 괜찮았다.

가는 세월은 다시 봄이 찾아오고 집 주위 텃밭에 복숭아나무 꽃이 만발하여 벌과 나비, 향기에 춤추며 즐기고 있다. 떠난 사람은 다시 찾아오지 않는 야속한 여자 생각하며 양지쪽에 앉아 바라보니 인생 삶 처량했다. 살아갈 힘도 죽을힘도 없는데 꽃에 벌 나비는 마음껏 즐기고 있는데 만물의 영장 인간으로 태어나 신세(身世)가 요 모양 요 꼴이란 말인가, 생각하니 죽고 싶도록 비굴하고 처량할 뿐이다.

국력이 쇠퇴하여 국권을 일본에게 빼앗기고 친일파에게 처까지 빼앗겼다. 국가가 있습니까, 백성이 있습니까? 이제 국가도 없고 백성도 없다면 두려워 할 것 없이 내모든 것을 빼앗긴 치욕뿐이었다. 하잘것없고 쓸모없는 자신을 뼈저리게 느꼈다.

조선왕조에서 진정한 리더십이 무엇인지 이야기하고 충언과 직언을 아끼지 않았던 조광조와 조선의 자주독립을 위해 계몽운동에 힘쓴 서재필, 주권을 잃은 나라를 위해 자신의 목숨을 내놓은 최익현과 광복을 위해 이름 없는 의병들이 있었다. 그런데 이영순은 친일파 현장감독과 더러운 몸을 섞는짓을 하고 함께 도망을 갔다.

이토 히로부미 일본인 (1841-1909)막부정권 타도에 앞장섰으며, 총리대신과 추밀원 의장을 지냈다. 주한특리대사로서 을사조약을 강제로 체결했다.

1905년 초대 조선통감으로서 우리나라 국권을 침탈했던 1909년에 하얼빈에서안중근 의사에게 피살되었다.

이렇게 조국을 위해 행동하는 조선사람들이 있었다.

국운 앞에 자신의 목숨을 던질수 있는 그런 인물들이다. 그런데 남편과 자식을 버리고 욕정에 미쳐 가버린 여자다.

한편으로는 불의에 맞서 시대의 스승들이 있었기에 광복이 있었고, 지금의 대한민국이 건재할수 있는 것이다. 재헌은 딸을 정신대에 보내지 않고 일찍 혼인을 시켰다는 죄명으로 일본노역장에 끌려가 탄광에서 일을 하였다. 그동안의 조선백성들의 고통은 일제강점기에게 수난의 세월이었다.

1923년 9월 1일 일본땅에 관동대지진이 닥친 도쿄에 조선인들이 우물에 독약을 풀고 일본인들을 습격했다는 유언비어가 나돌았다. 일본인들은 죽창을 들고 조선인 6천명과 중국인 일부를 학살하는 자연제해가 아닌, 인제의 참변을 당했다. 재현은 일본땅 탄광 수 백미터 땅굴에서 채굴작업을 했다. 내용도 모르고 있다가 조선 사람들이 졸지에 참변을 당하게 되었다.

12시간 작업을 마치고 쉬고 있을 때 일본인들이 몰려와 죽창과 매질까지 당하고 초죽음이 되어 목숨만 겨우구했다.

식민지가 된 나라 뼈아픈 굴욕의 조선인과 일본의 민중에 대한 책임의식 반성을 회피함으로서 이 사건을 유야무야 묻혀 버리고 말았다. 조선인 학살진상규명과 명예회복 시켜 주지 않는 것은 외곡 된 역사인식을 알아야 한다. 일본제국주의는 일선동조론(日鮮同祖論)을 강조하고 창씨개명(創氏改名)을 강조했고. 민족성까지 말살하려했다.

태평양전쟁 막바지 일본은 태평양전쟁에서 1945년4월 처참한 군국주의 일본은 오키나와 비행장과 조선의 제주도 대록산 곳곳에 비밀리에 교래비행장을 만들었고. 자살특공 비행기부대(神風)도 만들었다.

미 군함에 일제비행기에 폭탄250kg을 싫고 추락하여 자살폭파를 시도했다.

미군은 일본에 가미가재(神風) 작전에 당하자 작전을 바꿨다.

공중전을 하고 사이판과 일본을 오가는 화물선에 B29폭격기로 공격을 했다. 일본은 제주도에서 취후발악으로 일본군을 증파했다.

제주도민은 남녀노소 할 것 없이 땅굴을 파고 총알바지로 이용했다.

미국은 최고의 수단으로 원자폭탄을 사용하기로 했다. 나가사키, 히로시마에 미국은 원자폭탄을 투하했다. 수십만명이 사망했고 원폭으로 건물이 무너져 내려 일본천왕은 그때서야 항복했다.

일본이 패망하고 항복한 후 4만8천명의 일본군이 일본으로 송환되어 갔다.

일본이 폐망하고 찾아 온 광복과 함께 꿈에 그리던 독립이 되었다.

일본이 미국에 항복함으로써 한국은 일본의 식민지에서 벗어나게 됐다.

친일파들과 일본인들의 수난의 시대 억압과 고통에서 살아남은 조선 사람은 조국을 찾으려고 독립운동을 하다 고문에 의해 죽거나 병을 얻어 불구가 되기도 했다. 재헌은 광복이 되어 그리던 조국으로 돌아왔다.

일본인에게 빌부터서 동족에게 피박했던 친일파 철도공사 현장감독 명복의 어미와 간통하고 함께 도망하여 살면서도 포항현장에서도 같은 짓을 또 했다.

가는 곳마다 나쁜 짓을 저질렀다. 못된 버릇을 고쳐지지 못해 악독한 짓을 도맡아 했다. 해방이 되자 사람들은 친일 십장 저놈을 죽이라고 소리치자 사람이 몰려들고 도망치는 십장 놈을 잡아놓고 몰매질과 한풀이에 그 자리에 피를 흘리고 그동안의 한풀이에 죽음을 당했다. 남에 가슴에 대못을 박으면 제 가슴에 구멍이 뚫린다는 것은 자업자득(自業自得)이다. 영순은 일순간에 모든것이 무너져 내리고 갈 곳이 없는 신세가 되었다.

혹독한 일제말기에 백성들은 끼니도 때우기 힘든 때라 병만이 남의 집에 유년시절 머슴으로 보냈다. 병만이 나이 9살에 부모를 잘 만났으면 학교에서 공부만 할 나이에 부모를 잘못만나, 산에 가서 땔감을 하면서 증오의 한풀이로 아름드리나무를 발로차고 손으로 치고 했다. 그렇게 해서라도 한풀이를 했다. 소먹이 풀을 베어 와야 했고 소 풀을 뜯기려고 소등을 타고, 들이나 산으로 다녔다. 모든 것은 부모 잘못으로 천길만길 낭떠러지로 가고 있었다.

03 분단된 조선

그러나 38선을 경계로 해서 한반도는 남과 북은 미국과 소련이 분할 점령하고 신탁통치를 하게 됐으니 이 또한 우리민족의 큰 비극의 시발점이다.

이념의 대립으로 갈라진 한반도는 남쪽에는 대한민국 정부가, 북쪽에는 조선민주주의 인민공화국이 수립되어 분단되었고 한민족끼리 형제끼리 반목으로 총칼을 겨누게 되었다.

북쪽에는 또다시 살벌한 공산주의 김일성 우상화에 공산당원들은 열을 올리고 대대적인 숙청을 시작 했다.

북한 땅에 살고 있는 지주들은 자본주의 반동분자라는 미명아래 시베리아 벌목장 공산주의에 반대하는 사람은 아오지탄광으로 끌려가 강제 노역장에 생을 마감하기도 했다. 병복의 어머니 가출을 비관적으로 생각하고 학교에 다니면서 사회주의 책을 잃고 맑스 -레닌주의 체제는 사유재산 제도를 폐지하고, 생산수단을 사회 경제적 모순을 극복한, 사회 제도를 실천하려는 사상. 또는 그 운동. 공산주의. 사회민주주의 따위를 포함하는 개념의 공부를 했다. 마르크스주의에 대립되는 사회 민주적 사상 또는 운동에 대한 공산주의 사상에 물들어 갔다.

사촌 형 명규는 경찰관이 되어 이념의 갈림길에 우익과 좌익에 대한 분단된 조국에서 좌익 하는 사람은 빨갱이라고 잡아갔다. 취조하고 고문하여 초죽음이 되어 돌아오지 못하면 감옥살이를 하게 했다. 그러나 사촌동생 병복은 남로당에 가입하고 공산당 되었다는 사실을 알게 되었다.

남로당 총책 박헌영은 남로당 핵심세력을 중앙당으로부터 덕유산. 지리산. 지역에 깔려있었다. 파르티잔의 총책으로부터 북으로 가면 남로당 계열의 선배동지들이 반갑게 맞아준다는데 마음이 끓여 갔다.

낭만적(浪漫的)인 가문이설에 결정적인 동기가 되어 공산당에 가입도 했다. 형은 경찰인데 동생은 빨갱이라니 동료 경찰관은 명규 자네 사촌동생 빨갱이가 되었다는 소문이 낳네! 집안에 불순세력이 있어서 되겠는가!

무슨 소리야 내 사촌동생이 빨갱이라니 절대 그러지않아 하고 부인했다. 그 말을 듣고 나니 기가 막혔다.

집에 돌아온 명규는 병복이 나 좀 보세 방에 단둘이 마주앉아. 동생 요사이 밤 낮 가리지 않고 어딜 다니는 거야 거짓 없이 진솔하게 말해 보게.

아무 곳도 다니는데 없습니다.

내가 알고 있으니 사실대로 말해 보게?

병복은 고개만 숙인 채 대답을 하지 않았다.

동생 '남로당 가입하여 빨갱이가 되었다는데' 사실인가?

한참동안 말없이 고개만 숙이고 있었다.

그렇습니다. 형님 저에게 신경 쓰지 마세요.

자네 무슨 소리하고 있어 공산당은 이념과 사실이 다른 것을 왜 모르고 있단 말인가.

형님, 사회주의는 자본주의와 다르게 빈부와 귀천이 없으며 높낮이가 없는 세상을 만들고 인민을 위하여 '혁명투쟁을' 하는 것입니다.

동생 모르는 것이 너무 많아 '사회주의사상은' 말만 그렇게 하지만 사실은 그렇지 않는 것을 왜 모르고 있지. 어쩌려고 빨갱이가 되려하는가.

병복은 어머니 다른 남자와 가출하고 아버지 병들어 있는 것을 보고 세상을 비틀어진 눈으로 보고 있기에 설득해도 소용없었다.

이대로 두어서는 안 되겠다는 생각에 경찰서 데려다 놓고 설득을 해도 소용이 없었다.

다음에는 메질까지 했으나 골수에 박힌 이념의 사상은 소용이 없었다. 사촌동생이기 때문에 그래도 반공법 위반으로 구속은 면하게 했다. 자내 집에가면 꼼짝도 하지 말고 처박혀있게 하고 집으로 돌려보냈다.

그 후부터 집에 돌아오지 않고 남로당 거점 H동리에서 그들과 공산이념 교육을 받았다. 월북 하겠다는 마음을 먹고 기회를 엿보고 있었다. 백두대간을 따라 월북하겠다는 마음 더욱 강하게 먹었다. 북한에서 지리산까지 이어져 있는 북한 남로당 박헌영의 거점을 만들은 빨치산은 산악지대를 지리적으로 사용했다. 뿐만안이라 첩첩산중 산골마을 연녹색 물결에 자연에 흠뻑 젖어 희로애락으로 땅을 갈고 씨를 뿌리고 추수하는 그들에게 사상과 이념을 알리 만무하다.

촌로들에게 공산주의이념 가문이설에 보도연맹에 가입했다. 시골 벽지에는 인민의 천국을 만든다는 말에 속아 남로당의 거점을 만들어 갔다.

광복은 되었으나 제주도를 전진기지로 남쪽외딴섬에 박헌영은 보도연맹의 근거지로 사상교육으로 공산주의 터전을 만들어갔다. 불행한 일은 없으리라는 섬사람들의 생각은 잠시뿐이었다.

04 제주4.3사건과 여수반란

제주4.3사건의 또한번의 시련이 닥쳐왔다. 제주 남로당 강경파에 의하여 인민해방군과 함께 경찰지서 15개중 14개를 습격 하고 경찰을 살해하고 불을 질렀다.

육지에서도 여수반란사건은 제주4.3사건을 진압하라는 군의명령을 따르지 않고 좌익계 부사관 군인들의 반란이었다. 장교20여명을 사살함으로써, 1948년 당시반란사건은 신월리에 주둔하고 있던, 국방경비대 14연대 인사계 지창수 상사 이하 40여명이 남로당 프락치가 주동되어 일으킨 사건이다. 여수와 순천을 점령 한 뒤 '인민공화국'을 선포하는 등 '대한민국을' 정복하고 공산통일을 하려했던 반란 사건이다. 염상진을 위시한 좌익세력은 벌교를 장악하여 반동분자라고 군.경공무원과 가족들까지 죽이는 만행을 저질렀다.

강릉경찰서 경찰관 명규는 여수반란을 진압하는데 차출되어 군경 합동작전으로 토벌작전에 반란군을 사살했다. 반란군은 전세에 밀리자 조계산으로 도망쳤다.

진압군은 좌익에 연루된 사람들을 잡아왔다. 복수에 반감은 서슬이 시퍼렇게 섰다.

가담했던 빨치산가족 부녀자를 잡아 옷을 벗기고 알몸으로 조사를 받고 젊은 여자들은 진압군에 살아남기 위하여 목숨만은 살려주세요! 손이 발이 되도록 빌었다.

조사하던 명규는 밤이 되자 조사하던 그중 젊고 예쁜 여자를 별도로 불러내어 당신 목숨은 내손에 달렸으니 나에게 무엇으로 보답하겠소!

뭐든지 시키는 대로 하겠습니다.

명규는 그동안 젊음을 억제하고 있었기에 그녀의 이념을 떠나 인간으로 부둥켜안고 뜨거운 그녀의 입술에 키스를 했다. 그녀를 데리고 아무도 없는 한적한 곳에 앉아 가슴을 더듬어 한참 피어오르는 꽃봉오리 같은 그녀의 유방을 만지고 팬티를 벗겼다.

그녀는 아무 말 없이 몸을 맡겼다.

달빛에 하얀 그녀의 육체는 인형 같았다. 가쁜숨을 몰아쉬며 그녀의 깊은골은 신록이 무성한 숲을 헤집고 즐겼다.

그녀도 끌어안고 죽음직전에 살아남은 기분은 꿈인지 생시인지 여진여몽(如眞旅夢) 같았다. 그래도 살아남아 오르가즘은 행복함을 느꼈다. 그렇게 성상납을 하고 목숨을 구했다.

당신은 이제 집으로 돌아가시오.

짧은시간 생명에 은인으로 맺은 그녀는 언제 또 만날 수 있겠어요?

인연이 있으면 또 만나겠소!

뒤를 돌아보며 어둠속으로 멀어져가는 그녀의 뒷모습을 명규는 보이지 않을 때까지 그 자리에 서있었다.

도망을 치다 잡혀 오거나 좌익에 가담한 사람들은 조사가 끝나면 산속에 끌어다 구덩이를 그들에게 파게한뒤에 세워놓고 총살을시켰고 시체를 구덩이에 파묻어버렸다.

이를 가슴 아프게 지켜보던 순천중학교 교사 김영우 좌우익, 모두를 비난하자 오히려 군인들은 김영우를 잡아와서. 너도 빨갱이지 하고 몰아부쳐 갖은 고초를 겪기도 했다.

후퇴하던 염상진은 율어를 장악하고 해방구역으로 선포하며 인민개

혁을 실행 하겠다고 했다.

토벌대장 심재모는 김법수. 정명규은 '민족주의적인' 입장에서 공감해 염상진 일당에 대해 온건정책을 폈지만 지주들과 우익세력들의 반대에 부딪쳤다. 좌익세력들도 투항을 거부했다.

자수하면 모두 살수있다 자수 하라고 삐라를 만들어 산악지대에 뿌렸다. 그러나 그들은 자수하면 죽음을 면치 못한다는 생각때문에 자수를 하지 않았다.

그러나 공산이념에 물든 그들은 어둠이 깔리고 밤이면 민가에 내려와 살상과 노략질을 했다. 이런 맥락에서 제주4.3사건을 일으킨 무장폭동으로 국방경비대 7연대가 토벌 당시의 상황은 대낮에도 제주도에는 북한 인공기가 휘날리고 있었다. 바닷가 연안마을은 대한민국이었지만 한라산으로 이어지는 지역은 인민공화국이라고 말할 정도였다.

지리적으로나 생태적으로 어쩔수 없는 풍토가 된것이지만 결과적으로 북한 김일성 지령에 의해 강요된 것이라고 말할수있다.

중국공산화가 날로 강성해가는때 북한정권은 남로당을 넓혀갔다.

대한민국은 주한미군철수로 인하여 심각한 안보적 위기감을 느끼고, 제주도마저 공산주의자들의 수중에 넘어가는 사태를 방지하기위하여 모든노력을 기울이게 되었다.

김달삼을 비롯한 제주반군의 지도자들이 북한최고인민회의 대의원으로 선출되자 제주사태는 단순한 지역공산주의자들의 봉기가아니라, 정권을 수립한 남과북의 대결의장으로 변해갔었던 것이다.

송요찬 중령이 지휘하던 진압군은 무리한 진압작전을 강행하여 남녀노소 가리지 않고 많은 사람들을 무차별 살해하여 가중피해가 발생했다.

특히 주민과 공산게릴라들을 투항을 권하고 구원하지 않고 일괄사살함으로, 주민들의 민심이 이반되어 게릴라들의 세력이 줄여들지 않는 결과를 초래했다.

그러나 1949년2월 다시 편성된 유재흥 대령이 지휘하는 전투사령부가 선수공작과, 토벌을 병행하여 반월을 성공적으로 진압 하여 제주사건을 끝냈다.

지난 과거사는 '이념과 사상의 대립으로' 뼈아픈 역사를 남기게 되었다.

제주4.3사건은 1948년4월3일 '이념적 소용돌이' 속에 좌익분자 남로당 강경파들이 경찰국을 점령하고 무기를 탈취하여 경찰과 그 가족들을 살해했던 사건이었다.

군인들은 진압을 끝내고, 보도연맹에 가입한 가족은 아무것도 모르고 있다 진압군경에 의하여 잡혀갔다. 결과적으로는 애꿎은 양민들까지 잡혀가며 아주방 우리는 죄가 업수강 살려 주시랑 그렇게 애원했지만 철없는 아이들과 부녀자들까지 모두 죽였다. 명규는 반군을 정벌하고 본대 경찰서로 돌아왔다.

삼라는 옛날부터 조용하고 물질하는 여자들의 생활터전의 천국이었다. 그러나 이념과 사상의 소용돌이 속에서 수만은 사람들의 목숨과 상처를 남겼다.

현제 순천지역에 설치된 여수반란사건 관련시설물은 역사적진실을 좌경적사관 으로 버젓이 서있다는 것은 반국가적 편파성을 보여주는 그때의 사건과 다르지 않나 돌이켜 보아야한다.

그 시절 좌익 우익하며 서울을 비롯한 도시마다 하루가 멀다하게 파당을 지어 시위하고 나라가 소란스럽기만했다.

05 병복의 월북

병복은 야간을 이용하여 월북을 하기로 하고 산악지대를 따라 신록이 무성하고 한적한 곳을 따라 초병의 눈을 피해가며 태백 중령을 따라갔다. 얼마되지않는 거리지만 밤에만 가고 낮에는 나무그늘 밑에서 쉬고 잠을잤다. 1박2일만에 38선을 그렇게 넘었다.

북한 땅을 40분정도 걸어갔다. 어디서인가, 손들어 하는 인민군의 고함소리에 깜짝 놀랐다. 인민군 따발총을 겨누고 있었다. '탄창이 꽈리모양으로 둥글납작한 소련제 기관 단총' 이었다.

동무 나는 '남조선에서' 월북 했습니다.

인민군은 총을 겨누고 한사람이 닦아와 몸수색 하고 동무 손 내리오! 동무 고생 많이 했소! 따라오기요, 명복은 그들의 뒤를따라 한참갔다. '보위부'사무실이었다.

군관동무 남반부에서 월북한 동무야요,

군관 동무는 여성이었다. 군관동무는 앞으로 다가서며 동무 남조선에서 월북하느라 고생 많이했소, 우리 인민을 위하여 함께 김일성 아버지 한태 충성을 합시다. 동무 라고 부르며 부둥켜 않고 명복의 어깨를 정답게 다독거리며 오늘부터 동지가 되었소,

명복은 부모 버림과 사촌형은 이념이 다르기에 멸시와 반목으로 월북하게 된 이유였다. 젊은 여성군관은 병복을 끓어않고 혁명적인 동무라고 추켜세웠다. 처음 여자의 가슴에 안겨보는 병복은 가슴이 뛰었다. 남

자와 여자의 감정이 뜨겁게 불을 붙이는 듯 했다.

동무 앉으시오하고 의자를 갖다 놓았다.

고맙습니다하고 의자에 앉았다.

월북은 왜 했지?

공산주의 이론을 공부하고 귀천 없는 세상 인민을 위하여 정치하는 북한을 선택하여 월북 했습니다.

아주 혁명적인 동무요 정명복은 환영을 받았다.

보위부에서 하룻밤을 자고 내일은 평양으로 함께 갑시다. 저녁식사는 여성군관 동무가 함께 하자기에 따라갔다.

쌀밥에 소고기국에 생선고기 반찬이었다. 동무남반부에서는 쌀밥먹기 힘들지요, 우리 인민공화국은 '김일성장군 동지 은덕으로' 이렇게 이밥에 쇠고기국을 먹고 있습니다. 인민들에게 귀천 없는 사회주의 천국을 만들어가고 있습니다.

들뜬가슴은 그래도 무언가에 대한 불안감은 머릿속을 스쳐갔다.

입이마르도록 군관동무는 공산당에 대하여 선전을 밤늦게까지 들었다. 여성군관 동무는 명복에게 보위부 방에서 자기요 하고 방으로 안내했다. 그러나 밖에는 따발총들은 인민군 보초병이 지키고 있었다.

걸어서 산을 넘고 숲을 헤집고 왔기에 피로했다. 방에 누워 공상에 잠겨 밤을 뜬눈으로 새웠다.

군관동무는 새벽같이 찾아와서 평양으로 김철수 동무와 함께 가시오, 아침 일직 군관동무의 지시에 따라 인민군 김철수 따발총을 들고 감시를 받으며 함께 양양 역에서 열차를 타고 평양에 도착했다.

제법 큰 건물에 보초가 정문에서 인적사항을 확인하고 들어 보냈었다.

사무실에 어깨에 별을 두게 달은 차수(북한계급) 앞에 인민군 철수는 경례를 하고 남반부에서 월북한 동지 입래다.

동지 북조선에 온 것을 김일성장군님의 이름으로 환영합니다. 어깨를 다독거려 주면서 안아주었다. 그리고 월북동기에 대한 조사를 받았다. 남조선 군사 경계태세와 경제 등을 상세히 물었다.

남조선 경계태세가 엉망입니다. 서울에는 매일 인민들과 학생들이 대모를 하고 사회는 혼란스럽습니다. 여야 정치를 하는 국회의원들은 싸움질만 하고 있습니다.

그래요, 아주 좋은 정보입니다.

동무는 북조선을 위하여 군관학교에 가서 교육을 받고 남조선 인민해방을 시키기는 인민군군관이 되기요,

"네" 하고 거수경례를 병복은 처음 했다.

그렇게 군관학교를 입소하고 매일 군사훈련은 주로유격훈련과 '김일성숭배' 공산당이론교육을 1년동안 비가오나, 눈이오나, 바람이부나, 힘든교육을 강행했다. 훈련은 사격, 검술, 산을오르고, 달리며, 유격훈련은 발이 부르트도록 야간행군도 하면서. 테러유격훈련교육을 무사히 1년동안 그렇게 마쳤다.

졸업하던날 김일성에게 충성맹서 선서를 하고 별4개를 어깨에 달은 대원수(북한계급) 동무가 집적 나와 계급장을 달아주었다. 동무는 남조선 인민해방시키는데 최선을 다하고 김일성 아버지 동지에게 충성을 다 하시오.

"네" 공산당과 아버지 김일성장군님을 위하여 목숨을 바치겠습니다. 하고 악수를 했다.

부대배치는 양양에 있는 보병부대 군관으로 소대장 근무지 명령을 받았다.

인민해방군 군관이 되어 고향땅 얼마 되지 않은 곳에서 근무를 하게 되었다. 사촌형에게 구박을 받고 이념과 사상이 다르다는 이유로 잡혀

가 경찰에 매를 맞은 생각이 주마등처럼 머릿속을 스쳐갔다. 어린 우리 형제들을 두고 정부와 함께 도망간 어머니에게 버림받은 병복의 가슴속에 비수의 칼을 갈았다. '아버지는 충격으로 쓰러져' 거동이 힘들게 되어 어떻게 살고 있을까?

'비참했던' 그날들이 머릿속을 어지럽게 스쳐 지나간다.

언젠가는 남조선을 통일하고 아버지를 만나서 성공한 자신의 모습을 보여주고 자식들을 버리고 아버지까지 배신한, 어머니, 그리고 경찰들, 사촌형, 모조리 죽이겠다는 생각뿐이었다. 어린시절 부모사랑에 목이마른 그는 복수와 남조선을 해방시키겠다는 생각밖에 없었다.

공산이념과 북조선 김일성에게 충성을 다하여 인민군에서 출세하리라는 굳은 마음을 먹었다. 인민군 군율을 철저히 지키면서 부하인민군 병사들을 다독 그려주고 상관에게는 복종하는 사상을 인정받았다.

06 월남하는 창호와 순림

창호와 순림 부부는 해방이 되고 곳곳에서 광복의 물결은 태극기를 들고 만세를 부르는 인파가 원산시가지를 메우고 있었다.

일본은 전쟁에 폐망하고 일본을 믿고 권세를 휘두르는 친일파는 도망을 가고 도망가지 못한 그들은, 죽도록 매를 맞고 초죽음이 되었다는 이야기를 남편에게 들으니 순림은 속이 시원했다.

해방은 되었으나 "조선은" 평화가 온줄 알았는데 '미국과 소련이' 분할점령으로 군사분계선 북위38도선을 경계로 한반도는 남과북으로 분단되었다.

제2차세계대전 전후 처리과정에서 역사적 이념으로 분단되었다. 남쪽에는 대한민국, 북쪽에는 북조선 김일성은 공산주의 미명아래 부농인지주들을 자본주의 반동분자라는 누명으로 농토와 사유재산을 강탈하고 숙청까지 했다. 비극적인 현실에서 반동분자 색출에 나선 공산당들은 지주들을 잡아가고 있었다.

소주공장사장도 예외가 되지 않았다. 자본주의 반동분자라며 잡아가고 공장은 인민의 이름으로 접수한다며 빼앗아갈다. 노동당 위원장과 '공산당원들은' 빨간완장을 팔에 차고 다니며 서슬이 시퍼렇게 설쳐대는 꼴은 일본친일파들과 같은꼴이었다.

또다시 시련의 고비가 다가오고 있는데 그대로 있을 수 없었다. 또다시 고향으로 가야 된다고 생각했다. 창래와 순림은 또다시 밤새도록 생각을 했다. 월남을 해야지 공산치아에서 살수 없었다.

사촌동생 병복은 북조선으로 월북하여 군관이 되었고, 누님은 다시 월남을 하여야했다. 형제간의 "이념과 사상은" 달랐다.

다시 고향으로 돌아가야 하는 형편이었다. 귀중품만 챙겨 원산역에서 기차를 탔다. 역무원들은 붉은 완장을 차고 금테를 두른모자를 쓰고 활개를 치며 승객들의 아래위로 훑어보며 동무는 어딜갑니까?

양양에 계시는 아버님이 위독하기에 가는 길입니다. 마음속은 불안하고 가슴이 조이고 푸득거리었다. 기차는 원산을 떠나 남쪽양양으로 가는 열차승객들은 조용한 침묵속에 싸늘한 바람만 스쳐지나 가는 것처럼 조용했다.

완행열차는 역마다 승객은 내리고 탔다. 동해안을 따라가는 철길은 드넓은 바다위를 갈매기가 하늘높이 날개짓하며 맴돌고 있었다.

"여보" 이제 양양에 도착하게 되나봐요.

양양에서 현북면 광정리 까지는 40리는 될거요, 양양역에 도착하자 개찰구를 빨리 빠져나왔다.

빨간완장을 차고 다니는 보위부 인민군들이 우리를 아래위로 훑어보았다.

동무들은 어디에서 오는 거요?

우리들은 원산에서 광정리에 계시는 아버님이 위독하다하여 가는길입니다?

잘 다녀 오라요!

잡혀가지 않나 초초하고 불안했다. 걸어서 현북면 상광정리 남편형님 집에 찾아가 하룻밤을 그곳에서 자고 월남하는 길을 낮에 익혀두었다.

그때만 하여도 38선이 남북으로 갈라놓은 지 얼마 되지 않았기에 경비와조사가 그리 심하지 않았을 때였다.

해는 서산으로 기울고 새들은 높이 날아 구름을 물고 동해바다는 온통 금빛물결 황홀하게 물들이고 어둠이 깔리었다.

두 사람은 그래도 아이가 없어 길을 빨리 재촉 할 수 있었다.

우리들은 단봇짐을 짊어지고 밤길을 나섰다.

'여보' 조심해요 나는 괜찮아요!

손을 마주잡고 산길을 고양이처럼 살금살금 기어서 보초들이 보이지 않는 곳을 피해 가며 남으로 가는 길은 그리도 순탄치는 않았다.

넘어지고, 나뭇가지에 얼굴이 할퀴고, 옷이 찢기었기 때문이었다.

몸은 만신창이가 되어 한발자국도 띄어놓기 힘들었다. 천고만난(千苦萬難)끝에 장교리를 왔을까 개짖는 소리가 요란하게 들리었다.

지칠대로 지쳐 쓰러졌다.

여보, 쉬어갑시다?

인기척 때문에 개가 짖고 있는것 갔소!

귀에 대고 조용하게 말했다.

멀리서 불빛이 보이며 누구야 고함소리가 들렸다. 두 사람은 손을잡고 뛰기 시작했다. 넘어지고 굶으면서 엎드려 기었다.

인민군 장총소리 땅콩, 땅콩 콩 볶는 소리처럼 귀청을 때리는 사격 소리였다.

이제는 죽었구나!

생각하면서 손을 잡고 남쪽으로 계속 뛰었다.

얼마를 뛰었는지 조용해지고 하늘에는 아무일 없었다는 듯이 별빛만 쏟아지고 있었다. 조금만 쉬어갑시다. 그래요, 숨은 헐래벌떡 차오르고 목이 타들어갔다.

"여보" 다친데 없어요!

"괜찮아요"

당신은?

나도 괜찮아요.

하늘이 우리를 도와주고 있나 봐요,

총탄이 비오듯이 쏟아지는 곳을 벗어나 숨을 고루고 안도의 한숨을 쉬었다.

칠흙같은 어둠속에 온몸을 서로 더듬어 보았으나 총에 맞은 자국은 없었다.

몸은 물에 빠진 생쥐처럼 땀으로 흠뻑 젖어 있었다.

조금만 더가면 냇물이 흐르고 있을 것이요,

거기에 가서 물을 마십시다.

그래요 살금살금 기어 산아래로 내려갔다.

시원한 냇물이 흐르고 있었다.

"여보" 이리와서 물마셔요.

엎드려 꿀꺽꿀꺽 물을 마시고 얼굴을 씻고 나니 정신이 들고 살것만 같았다.

"여보" 냇물만 건너면 남한땅이요 이제는 살았습니다. '호연지기'(浩然之氣)어려운 상황이긴 하나 서로 마음을 모우면 잘될거라 생각했다.

두 사람은 공산당이 싫어서 생사를 걸고 월남을 하는 순림은,

'여보, 장교리 이모집이 있어요, 그리갑시다.

그렇게 합시다.

어머님 동생 되시는 '이모가' 장교리에 살고 있기에 그리로 찾아가는 동쪽하늘에는 동이 트고 해를 치고 꼬꼬댁 꼬끼오 수탉우는소리 새벽을 알리고 있었다. 그때만 하여도 경비가 심하지 않아 월남하는 사람들이 많았을 때였다.

새벽이라 조심스럽게 '이모님' 하고 불렀다.

누구요.

저애요.

도대체 누군데?

구장거리에 살던 순림이에요!

문을열고 나오시며 새벽에 웬일이야?

구장거리 순림이에요, 저이들 원산에서 살다 월남하였습니다. (구장거리는 옛날 5일장이 서던 곳이다.)

어서 들어오너라! 얼마나 고생들 했나, 경비가 심할터인데 그래도 '이념과 사상'을 따르지 않고 용하게 월남하였다.

38선을 넘다 인민군경비원들에게 발각되어 총을 쏘는데 '죽을 뻔했어요'.

그래 "조상이" 돌보았나보다.

3.8선을 넘어오다 인민군총에 맞아 여러사람 죽고 잡혀 어디로인가 끓려갔다.

땀과 이슬에 '옷이 젖어 비 맞은 병아리 같았다' 이모님께서 삼베옷 한 벌씩 주기에 갈아입고서 아침밥을 지어 이모님식구들과 함께 아침밥을 먹었다.

여기에서 하루 쉬고, 옷도 세탁하여 말려 입으라며 이모와 이모부가 친절하게 맞아주었다.

지난밤을 생각하니 악몽 같은 꿈을 꾸고 깨어난거만 같았다. 하룻밤을 이모님댁에서 자고 아침 일찍 '이모부 이모님' 저이들 신세 많이 지고 갑니다.

그래 조심하고 잘가거라! 언니한테 "이모" 잘있다고 안부전해라,

고맙습니다. 인사를 하고 친정집으로 향해 발길을 돌렸다. 한나절이 되어 친정집에 도착해서 "어머니" 하고 싸리문 밖에서 소리쳐 불렀다.

어머니 순림이에요,

친정어머니 방에서 나오시며 죽지 않고 살아왔구나 하시며 부둥켜 않고 월남하느라 고생 많이 했다. 해방이 되어 조선사람들이 평화롭게 살수있을줄 알았는데 3.8선이 남북으로 갈라놓아 '공산당들' 행포에 살기 힘든 세상을 만들어 월남했습니다.

어서 들어가자 김서방도 어서 들어오게 얼마나고생을 했겠나!

남북이 가로막혀 오지못할줄 알았는데 살아서 왔으니 김서방 고맙네!

저보다 집사람이 고생을 많이 했어요.

동족끼리 무엇때문에 총칼을 맞대고 "골육상잔(骨肉相殘)"을 하고 있단말인가, '왜놈들이' 물러가니 김일성이 공산당 만들어' 이렇게 힘들게 하고있지 하면서 장모님께서 분통을 터트리었다.

그동안 타향살이에 찌들어 돌아온 순림은 변화가많았다.

사랑방에 '삼촌은' 중풍이 와서 지팡이에 의지하여 문밖출입을 힘들게 하고있었다.

삼촌몸이 많이 불편 하세요!

그동안 오래도록 못 뵈었습니다.

그래 월남하느라 고생 많았다.

죽을고비를 넘기고 "구사일생(九死一生)"으로 살아왔습니다.

숙모님은 어디계세요?

아무대답을 하지 않고 눈물 흘리시는 삼촌은 아무말도 하지 않았다.

어머님 말씀이 망할년이 도망가고 나서 신경 쓰시다 쓰러져 중풍이 왔다.

아버지께서는 어디에 계세요?...

너를 혼인시키고 나서 정신대 보내지 않으려고 일직 결혼시켰다고 해서, 일본놈들에게 징용으로 끌려가 광산 지하땅굴에서 광부로 일하다

해방이 되어 돌아오셔서 친구들한데 가셨다.

강물처럼 흐르는 세월이라 하지만 그동안 많은 변화가생기어 동생들도 장성해가고 있었다.

둘째 남동생 명덕은 집앞에 있는 기차역전 부지 '미군부대' 다니고 있었다.

8.15광복후 '국제연합'의 위임을 받은 대한민국에는 미군들이 주둔하고 있었다.

인민공화국 북한에 '소련군이' 주둔하여 자치능력이 결열되어 정치적 혼란이 우려된다하여 잠정적으로 위임통치를 했다. 질서유지에 기여하는 목적으로 미국, 소련이 '신탁통치'를 하기 때문이었다.

그러나 신탁통치를 반대하는 집회가 서울과대도시에서 일어나 시국이 어수선했다.

노란머리에 코큰 미국사람 처음보는 조선사람들은 얄궂은 눈빛으로 그들을 보고 땡큐 베리마치 오케이 하며 잘 되지도 않는 영어로 지껄이었다. 아이들은 구경이라도 난 뜻이 모여들었다.

명덕은 미군부대에서 미군들의 세탁과 구두를 닦아주고 청소와 막일을 하면서 돈벌이를 했다. 한국사람들은 그시절 생계가 어렵기에 먹고살기 힘든때라 일자리 구하기가 하늘에 별따기처럼 힘들어 잡일도 마다하지 않았다. 저녁에 퇴근하며 가지고온 은박지 속에 들은 커피 물을 끓여 작은종발에 타서 오래만간에 만난 누님에게 먹어보라는 권하기에 마셨다.

왜! 이렇게 쓰지 처음 먹어보는 커피니 쓸 수밖에 없지 않았을까?

지금은 어른이나 아이들 까지도 커피를 물마시듯이 먹어대는데 세상인데 지금생각하면 아련한 추억이다.

월남한 매형과 누님도 집에와 계시니 철이 없지만 즐겁기만 했다. 초등학교 3학년 명헌은 미군부대 정문앞을 지나가려면 발바리개가 사납게 짖어대고 달려들기에 아이들은 질겁하고 도망쳤다.

쪼그마한 개새끼 저리사나와, 우리들은 놀란 토끼처럼 도망을 치면서 잡아서 보신탕이나 해먹을까? 하며 아이들은 그렇게 중얼대며 헐레벌떡 뛰어갔다.

명교야 내일 몽둥이를 가지고와 저놈의 개새끼 때려잡자.

미군 코쟁이들이 총을 쏘면 어떻게 하려고,

정말 우리한테 총을 쏠까?

모르지 우리가 알 수 있나 악독한 일본과 전쟁을 해서 이기고 우리나라에서 일본놈들을 몰아내었어! 무서운 사람들이야.

그렇게 떠들면서 그곳을 지나다니지만 발바리는 사람을 깨물지는 않고 겁만 주고 돌아갔다. 명교는 제일 친한 친구였는데 등교길에 함께 다니고 점심도시락반찬을 함께 나누어 먹기도 했다.

철둑은 일본이 대동아 전쟁물자 수송용으로 만들어 놓았다. 그러나 철로는 놓치 않아 열차가 다니지는 않았다. 철둑을 넘어가면 푸른 수평선 동해바다가 있다. 죽도에는 신선바위가 있다. 은모래사장에 친구들과 뛰어놀았다. 해당화 꽃피고 꽃이 떨어지고 나면 해당화 열매 붉게 영글면 따서 씨는 발려내고 먹었다. 그리고 죽도로 몰려가 신선바위에서 놀았다. 죽도암자에는 고암노승께서 우리들을 불러 모아놓고 커서 훌륭한 사람 되어 부귀영화를 누리면 간난하고 불쌍한 사람들에게, 베풀고 도와주고 살아야 한다고 하시며 죽도암자에 대한 말씀하셨다. 옛날에 황부자의 이야기를 들려주곤 했다.

머슴 황쇠가 동산마을에 살았다. 가난하게 살고 있던 머슴 황쇠는 죽도 천혜의 비경인 신선바위 동굴이 있었다. 그 안에 옥녀탕에 신선이 목욕하고 올라간 자리 가난하게 살고 있던 머슴 황쇠는 언제나 청소를 하였다. 어느 날 꿈에 옥황상제가 나타나 너는 선녀가 놀다 목욕한 자리를 항상 청소를 하니, 가상히 여겨 너에게 복을 내리니 명심하고 부자가 되면 베풀고 살라고 당부하였다.

동산마을 명당자리는 학이 죽도 노적봉을 먹고 알을 낳아주는 명당집터다. 그 자리에 집을 짓고 살면 부자가 된다고 하였다. 그리고 신선바위에 가보면 신선이 타고 온 용마의 발자국 자리가 있다. 그곳에 바닷물이 고여 햇볕에 쪼이어 소금이 된다. 옥황상제는 가마솥에 바닷물을 길러다 붓고 불을 지피면 소금이 된다고 알려주었다.

그 시절에는 소금이 귀하고 값도 많이 나가니 염전을 하면 크게 돈을 벌수 있다고 일러주었다. 황쇠는 염전을 시작하여 '일확천금'을 벌었다. 풍수지리학 적으로 명당자리에 황쇠는 집을 짓고 부자가 되어 부귀영화를 누리며 살았다.

가난하게 살았기에 구두쇠 중에서도 지독한 욕심쟁이로 살았다. 고리대금으로 빈민들에게 이자를 배로 받고 자기것은 남을 조금도 도와주지 않고 베풀지를 안았다. 막상 부자가 되고나서 남녀종을 두고 '호의호식'하며 거들먹거리고 살았다. 밤낮을 가리지 않고 마음에 들고 예쁜 계집종을 불러들여 욕정을 즐겼다. 거지가 구걸을 와도 밥 한술 쌀한톨을 주지 않고 쫓아냈다.

황 부자는 향락에 빠져 옥황상제의 말을 까마득히 잊어버렸다. 그렇게 살다보니 욕심쟁이 구두쇠로 소문이 났다. 방탕한 생활과 돈으로 양반까지 샀다. 황 부자는 돈이면 모든 것을 다 할 수 있다고 생각했다. 일자무식에 쌍놈이지만 갓을 쓰고 도포를 입고 양반행세를 하며 고을수령들과 진사들을 불러들여 하루가 멀다 하고 연회를 베풀어 지역 백성들의 지탄을 받으며 살았다.

스님이 그곳을 지나가다 소문을 듣고 황 부자 집을 찾아가 시주를 하

라고 독경을 하였다. 황 부자는 스님께 시주 할 것이 없다며 마구간에서
소똥 한삼 들고 나와서 이것을 시주하겠다고 스님의 바랑에 넣어주었
다. 스님은 기가 막혀 이렇게 나쁜사람이 부자로 사는지 의문이 생겼다.
그길로 산에 올라가 어떻게 부자가 될 수 있었는지 살펴보았다. 풍수지
리적으로 '천혜의 음택 명당' 자리였다. 앞에 보이는 새 바위 때문에 부
자가 되고 있었다. 스님은 산에서 내려와 망치로 새 머리와 날개 꼬리
모두 때려 부셔 땅에 떨어뜨렸다. 천둥번개가치면서 연기와 함께 학이
하늘로 날아갔다고 했다.

그 후 황 부자는 집안에 우환이 끊이지 않고 꽃 같은 부인과 총명하
던 아들까지 죽었다. 집안은 계속되는 질병으로 망하고 폐가가 되어 그
는 옛날처럼 '황쇠'로 돌아갔다. 그제야 생각이 났으나 때는 이미 늦어
후해한들 소용이 없었다.

그 후 스님은 죄를 지은 사람에게 자비를 베풀어 참회하게 만들어야
하는데 황 부자를 망하게 한 죄책감에 죽도에다 조그마한 암자를 지어
놓고 부처님께 속죄공덕을 빌고 불교성전을 넓혔다. 검푸른 동해바다를
마당삼아 소박하고 조용한 절벽이 솟구친 곳에 평풍처럼 둘러쳐진 '관
음전'이 유명한 사찰 '죽도암자'다.

'신선이 놀며 목욕하던 옥녀탕' 농부들은 메마른 대지에 가뭄이 들어,
곡식이 타들어 가면 '신선바위'에서 '기우제'를 지냈다. 개를잡아 피를
신선바위에 뿌리면 피를 씻어내려고 비가내리고 풍년이 온다고 하였다.
스님은 그래도 속죄를 다하지 못했다 하여 '동자스님' 에게 내가죽으면
남쪽에 있는 광나루 큰바다에 수장하라 하시었다.

'해수관음보살'이 되어 물속에 누어 속죄를 바닷물에 씻겠다고 유언
하시었다. 그리고 훗날에 물속에 있는 나를 발견하고 그곳에 불사를 일
으키면, 신도가 많이 찾아 "대웅전大雄殿"이 지어지고 큰 산사가 탄생하

여 불교성전을 세속에 전하고 베풀 것이라 했다. 구태여 사람과 인연을 끊어 세상을 피할 필요는 없다. 공부를 하면 마음

을 밝히고 욕심을 버려야 한다고 하시었다.

우리들에게 장래에 나쁜일 하지 말고 좋은 일을 하고, 베풀고 살라는 뜻으로 말씀하시었다. 명헌이는 친구들과 '황부자'처럼 되지 말고 스님 말씀대로 베풀고 살자고 하였다. 좋은 여자를 만나자고 갯바위에 애인 (愛人)이란 두 글자를 새겨 놓고 우리 60세 되면 이곳에서 만나자는 약 속을 했다. 미련이 남아 백발이 되어 그곳을 찾은 철없던 그때의 약속을 지키자는 그들은 70을 넘은 고령이 되었다. 그 자리에 약속을 지키려고 나타나지 않았다. 야속한 세월은 비바람에 애인(愛人) 두글자는 깎기고 희미하게 남아 파도는 쉬지 않고 몰려와 모래언덕을 만들기 위해 하루 에 수십 만번을 때리고 있다.

그 시절은 먹을 것이 없어 해당화열매도 맛있게 먹으며 히득거리던 양봉래, 김문호, 김길웅, 안용덕, 박기호. 시골의 풍광에 무친시절 그렇 게 보냈다. 삶을 찾아 떠나고 김문호만 농사를 짓고 고향땅에서 산과바 다를 벗 삼아 살고 있을 뿐이다. 나는 가진 것은 없지만 내 힘이 되는 형편대로 베풀고 살라고 노력하고 있다.

07 삶의 터전을 찾아서

창호와 순림 부부는 처가에서 오래도록 있을 수 없어 배운 것은 쌀과 잡곡을 섞어 소주 만드는 기술뿐이다. 살아 갈곳을 찾아 떠나기로 했다.

어머니 저이들 충북제천으로 갈까합니다.

이대로만 이곳에서 살 수 없지 않겠나!

좋은 계획이 있으면 자네들 뜻대로 하게.

그들은 제천으로 떠날 준비를 하고 단봇짐을 메고 떠나면서 아버지, 어머니, 삼촌, 안녕히 계십시오! 동생들도 모두 건강하게 공부 열심히 해라.

'언니' '누나, 매형' 잘 가세요.

아쉬운 작별인사하고 발길을 재촉했다. 멀어져가는 순림이 보이지 않을 때까지 바라보고 서있는 어머니의 자식에 대한 애정은 부모의 사랑이었다. 영동과 영서를 넘나드는 대관령 아흔아홉 구비 신작로 길은 목탄 화물차가, 환청을 울리며 다니지만 차를 타고 가는 것은 그림에 떡 같은 시절이다.

옛 오솔길은 한양을 가려면 걸어 넘나들던 길이다. 숨이 턱까지 차오르도록 힘들게 올라가면 청송과 굴참나무가 하늘을 찌를 듯이 무성한 천년의 원시림이다. 깎아지른 폭포에서 내려 꽂이는 물은 은빛구슬 만들어 쏟아낸다. 자연경관은 보는 사람의 마음 떠나가기 힘들게 사로잡는다.

그러나 '금강산도 식구경이라 했다' 삶의 터전을 찾아 가는 사람에게는 무의미하다. 구비 구비 돌아가는 길목 아름드리 고목 밑에 행인들은 돌을 하나둘씩 돌탑을 싸놓고 무사히 대관령을 넘게 해달라고 빌었다.

그 앞에서 '여보' 이리 와요, 돌을 올려놓고 부부는 합장하고 앞날에 행운이 있게 해달라고 함께 빌었다. 반쟁이 주막까지 오르니 가쁜 숨을 몰아쉬며 목이 타들어가 계곡에 엎드려 물을 꿀컥 꿀컥 들이켰다.

돈 있는 사람들은 주막에서 막걸리한잔에 허기와 피로를 풀고 쉬어 넘던 애환이 서려있는 반쟁이 주막이다.

당신도 막걸리한잔 하시지요!

물을 먹었더니 생각아 없소, 한 푼이라도 절약해야 되기에 대포한잔 하고 싶지만 참았다. 잠시 쉬어갑시다. 땀을 시키고 길을 재촉했다.

여보, 저녁 무렵이면 '싸리재' 살고 있는 이모님 집까지 가서 그곳에 하룻밤을 자고 갑시다.

그렇게 합시다.

당신 많이 힘들지?

괜찮아요!

해는 서산에 기울고 '고즈넉한' 산골마을 어두음이 깔려왔다.

이모님 계서요,

누구시오 이모부의 목소리다.

양양 '구장거리에' 순림이입니다.

이모가 나오시며 웬일로 여기까지 왔나?..

저이들 제천까지 가는 길에 찾아왔습니다.

잘들 왔다. 어서들 오너라! 하시며 반겨 주시었다.

저녁 먹어야지 하시며 이모께서 부엌에 들어가 저녁준비를 하시었다 침침한 호롱불아래 쌀밥인줄 알았는데, 먹어보았더니 '옥수수감자' 밥이었다. 그래도 점심을 먹지 못해 꿀맛 같았다. 목구멍이 '포도청이라' 배가 고프니 체면 같은 것은 팽개치고 한 그릇씩 먹었다.

밥을 먹고 나니 여독(旅毒)에 피곤하여 잠이 왔다.

자네들은 저쪽 방에 건너가 자게,

빈방에 '목침'나무토막으로 만든 베개를 베고 이불대신 왕골로 만든 자리를 이불삼아 덥고 누었다.

앞으로 살아갈 길을 생각하니 앞일이 아득하기만 했다.

이곳에서 화전 밭을 갈고 씨를 뿌리고 살아가는 화전민들은 외세의 지배를 받지 않고 이념과 사상에 물들지 않고 살고 있다. 세상에 때 묻지 않고 자연과 함께 스스로 삶에 인간의 "자화상이었다."

세우 잠을 자고 새벽에 일어나 아침준비를 이모와 함께 해서 먹었다. 길 떠날 준비를 했다. 이모님께서 옥수수를 주시며 가다 먹으라고 보자기에 싸주시었다.

'이모님' 감사합니다.

조심해가거라.

고향에 정겨움 추억으로 남겨두고 진부를 거처 마평리 모리 재를 넘어가는 길은 험하게 높았다.

가는 길에 백발이 성성한 '노인과' 동행을 했다.

노인장 말씀이 모리 재는 옛날 조선조 태종 때 강릉 부사가 관기 청심이 뛰어나게 거문고를 잘 타고, 학문과 재주능력이 "백아절현(伯牙絶絃)"하여 애첩으로 옆에 두고 주색에 빠져 있었다.

그러나 태종의 부름으로 한양궁궐로 귀경하게 되었다.

'청심은' 부사에게 소실로 함께 데려가기를 간청했다.

그러나 한마디로 거절하고 떠나가는 "부사행차를" 멀찌감치 뒤따라갔다.

산수가 수려한 오대산에서 뻗어 주산이 된 산자락 평풍 같지 깎아지를 기암 절벽아래 수려한 비경을 즐기려고 행차를 쉬게 했다.

청심이 한번 맺은 사랑 절개를 끝이 못하여 멀찌감치 부사행차 되를 딸아 가며 목이 타 물로 배를 채우고 "부사 행차 앞에 엎드린 그녀는" 소실로 함께 대려가 달라고 눈물을 흘리며 애절하게 간청했다.

그러나 "부사는" 냉정하게 따라오지 말라했는데 왜왔느냐고 꾸짖었다. 그리고 홀연히 떠나는 "부사일행을" 바라보며 한없이 울다가 냉담한 부사에게 정을 준 자신을 원망했다.

"청심 대" 올라 내려다보니 천길 만길 벼랑 끝에서 끝까지 일루지 못한 사랑을 비관하여 뛰어내렸다. 비명소리 산청을 울리니 하늘도 울고 비가 내리었다고 했다.

일편단심(一片丹心) 한번 먹은 마음 변할 수 없다는 조선시대 여성의 절개를 죽음으로 그녀의 일생을 마쳤다. 노인장은 신이 나게 말을 이어 갔다.

한이 서린 강변에는 고요한 밤이면 흐느끼는 애환의 울음소리와 거문고 소리 들린다하여 강 건너 마을은 지금도 거문리라 했다. 말(馬)편자(발급)박던 곳이라 해서 마 평리라 했다.

모리 재는 험한 산길에 청심이 죽은 후부터 호랑이가 나타나 무서워 혼자 재를 넘지 못하여 산 아래서 여러 사람 모아서 함께 넘었다 해서 모리 재라 했다. 후일에 부사가 소식을 듣고 청심대 "열녀각"을 새워 그녀의 넋을 위로하여 주고 나서 울음소리와 거문고 소리가 나지 않았고, 호랑이도 나타나지 않았다고 했다. 동행한 노인께 "조선시대 부사와 청심이의" 애달픈 "사연(事緣)"이야기를 들으면서 힘들지 않게 모리 재를 넘었다.

그렇게 강을 따라 제천에 도착을 했으나 오라는 곳은 역시 없었다.

'여보' 방을 얻어야 되겠지요, 수소문하여 방 한 칸을 새를 얻어 단봇
짐을 풀어 놓고 지칠 대로 지쳐 그대로 잠들었다.

잠에서 깨어나 창문에 아침햇살이 한 가닥 희끔하게 방에 걸려있고
그래도 행복했다.'여보' 일어나 세수하세요! 나는 아침 식사준비 하겠어
요!

그렇게 합시다. 두 사람은 새로운 삶에 터전을 만들어 가야했다.

"김창호"는 '여보'아침식사를 하고 시내 다녀올테니. 당신은 집에서
살림정리나 하고 있어요.

"김창호"는 하루 종일 시내로 일자리를 구하러 다니었으나 마땅한 곳
이 없었다.

어둑해지는 저녁쯤에 무거운 발걸음으로 집으로 돌아왔다.

일자리가 있던가요?

마땅한 일자리 구하지 못했소. 객지에서 고생 하게 됐소. '하늘이 무
너져도 솟아날 구멍이' 있다. 했는데 어딘가 길이 있겠지요? 두 식구 입
에 풀칠 못하겠소! 너무 걱정 하지마세요, 서로 위로를 했다. 그렇게 걱
정을 하면서 또 하루를 보내고 고요한 밤 별빛 쏟아지는 하늘을 쳐다보
고 고향을 그리워했다.

동이트는 새벽이 밝아오고 아침햇살이 유난히 희망을 주고 있었다.
주인집 아주머니께 물었다?

제천에 '양조장' 있습니까?

있지요, 저기에 보이는 높은 굴뚝건물이 제천에서 제일 큰 '양조장'입
니다.

그길로 양조장을 찾아갔다. 정문에 '제천양조장'간판이 눈앞에 보였
다. 공장 한쪽에서 일하는 직원에게 사무실 어디에 있습니까?

저기 보이는 곳입니다.

감사합니다.

그리곤 사무실 문을 노크를 했다.

똑,똑'들어오시오' 사무를 보고 있는 여직원에게 사장님 어느 분이십 니까?

저기에 계신분이 사장님이십니다 하고 여직원이 친절하게 대답 해주 었다.

'사장님' 일을 하려고 찾아왔습니다.

어떤 일을 할 수 있습니까?

강원도 원산 소주공장에서 기술자로 일했습니다.

남북이 3.8선으로 갈라져 북쪽에 '공산당들이' 자본주의 반동분자라 고 사장님을 잡아갔습니다. 공장을 인민의 이름으로 몰수한다며 빼앗아 가 월남 했습니다.

'그래요' 여기는 막걸리 만드는 곳인데요?

사장님 소주 만드는 시설은 간단하게 만들 수 있습니다.

그렇습니까? 함께 일해 보겠소?

네! 열심히 하겠습니다.

그러면 내일부터 출근하시오.

그 시절에는 소주가 귀한 때라 소주 만드는 '비법을 모르고' 있기에 소주를 만들면 상당한 '경제적' 효과가 있을 때다.

가벼운 발걸음으로 집에 와서 '여보'재천양조장에 취직을 하였소! '그 래요? 수고하셨어요'하고 반갑게 맞아주었다.

희망의 그림자가 보이기 시작했다.

그날은 그들의 삶에 터전을 갖게 되어 새로운 보금자리가 되었다. 그 밤은 안정된 마음에서 달콤한 꿈나라로 접어들었다.

새벽일찍 일어나 아침밥을 해먹고 편한 마음으로 양조장으로 첫출근을 하였다.

사장님 안녕하세요!

그래 출근했는가. 내가 무엇을 어떻게 도와주면 '소주생산을' 할 수 있는지 기획서를 만들어보게.

예, 사장님 잘해 보겠습니다.

'미스리' 김기사에게 책상준비 해주고 직원들 전체 회의를 소집해주게?

'사장님' 알았습니다!

공장장과 직원들이 모두 사무실회의에 참석들 했다.

오늘부터 여기에 있는 김창호씨는 우리회사 소주기술자로 기사 직책으로 일하게 되었소! 우리 제천양조장에 소주생산을 하지 못했는데, 오늘부터 생산준비시설을 완성하게 되면 머지않아 소주 신제품을 만들겠습니다! 여러분들은 새로 오신 김기사와 함께 열심히 하여, 좋은 재품이 생산되도록 최선을 다하여 주시기 바랍니다.

'예'

모두 열심히 하세요,

그렇게 직원들과 첫인사를 하였다.

김기사 나를 따라오시오.

내, 사장님 뒤를 따라갔다. 공장 한쪽 빈자리 여기에 시설을 하면 어떻겠습니까?

사장님 좋습니다.

그러면 준비는 김기사가 설계하여 공장에 시설을 설치해주세요.

그날부터 책상에 앉아 소주생산시설 설계를 시작했다. 그 시절에는 모든것이 재래식으로 만들때다. 철판을 잘라 원통으로 만들은 가마솥에 쌀을 넣고 술밥을 만들어 바랜후에 오래 불을 집혀 술을 내리는 방법이다.

철공소에서 철판으로 만들었다.

쌀로 만든 술은 독하고 술맛이 일품이기에 막걸리에 비하여 고급주다.

그 시절은 청주가 제일 고급술인데 비하면 희고 맑고 도수는 기술자의 손과 입으로 맛과 도수 축정을 했다.

소주만들기 바쁘게 시중에 팔려나갔다. 소주생산으로 탁한 막걸리만 먹던 애주가들에게 짜릿한 소주맛에 즐겨먹었다. 회사는 호황을 이루게 되어 김기사의 기술을 인정하고 봉급도 후하게 받았다.

세월은 쉬지 않고 흘러 흘러 아들, 형제낳아 기르게 되었고 조그마한 집도 장만하고 행복하게 삶을 살아갔다. 퇴근하면 여보, 저 아이들이 장성하면 우리는 그만큼 늙어가는 거요, 그렇게 삶에 행복을 느끼지만 어딘가는 부모님의 곁을 떠나 살고 있는 허전한 마음한구석은 매울 수 없는 타향살이였기 때문이었다.

08 권력에 눈먼 정치인들

사회는 정치인들의 탐욕과 권력 싸움질이 난무했다. 시국은 좌익우익 하며 서울에서는 집회가 계속되고 있었다.

자유당 이승만 정권은 8,15광복은 되었으나 식견을 가춘 인제가 없었다. 일제에 빌부터 살던 친일파를 오히려 등용했다. 처음에는 '일벌백계 (一罰百戒)'로 죄를 준다고 반민특위를 만들었다.

'미군정에서' 죄질에 따라 5년이상의 징역에 처하고 일제강점기에 농토를 수탈한 재산은 국고에 환수 한다는 법을 만들어 시행하기로 했다. 이승만정권은 유능한 인재가 없기에 '어부지리'(漁父之利)로 친일파를 쓰지 않으면 안되는 처지가 난감했다.

국가의 치안을 담당할 경찰을, 일본에 충성를 다한 친일파경찰들을 등용하기 시작했다. '조선사람들에게 갖은 악날하고, 악독한 짓을 가했던 자들인데' 이승만정권은 '친일파경찰'들을 등용시켰다. '고양이에게 생선가게 지키라' 하는 꼴이 되었다.

"반민특위"는 일제강점기에 친일행적을 일삼는 그자들을 잡아들이는 반민특위였다. 그러나 이승만정권은 친일파경찰들을 대거 등용할 수밖에 없는 현실이었다.

광복이 되고 일제강점기때에 주먹세계에 있던 김두환은 '대한민주청년동지회' 별동대를 만들었다.

"이정재"는 '화랑동지회'를 만들어 자유당정권에서 반민특위에서 조

사주임을 맡아서 일했다. "김동진" 오야붕은 동대문일대를 기반으로하
는 주먹세계의 대부였다. 이북에서 지주로 있다가 자본주의 반동분자로
낙인찍혀 월남한 '서북청년단' "이화룡"이가 주도했다. 좌익계에서는
"정찬용"이는 사회주의 공산당 이론으로 좌익활동을 하며 세를 부풀러
그 수가 늘어만 가고 있었다.

김두환은 부친이 일본헌병에게 총에 맞아 죽은 줄 알았는데 김좌진장
군께서 좌익공산당원에 피격되어 서거한 사실을 알게 되어 좌익계친구
인 정창용과 헤어졌다.

좌익을 주도하는 정찬용등은 1946년9월 노동자들을 부추겨 총파업을
주동하는데 앞장서 노동자농민을 공산당혁명 폭동세력에 앞장세웠다.
폭력이 난무하고 총기까지 소지한 폭력파업을 정창용이 주동했다.

무기를 소지하고 진압하는데 아버지의 원수를 갚기위하여 김두환이
이끄는 대한민주 '청년동지회별동대가' 앞장서서 진압했다. 사상과 이
념은 생사를 가리지 않고 결투를 했다. 김두환은 정찬용과 친구였고 한
때는 조국을 위해 같은 길을 가자고도 했다. 그러나 이념과 사상이 다른
길을 가게 되어 총부리를 마주대고 죽이고 죽는 난투극을 벌려야 했다.

자유당정권은 공산당들이 활보치는 사회를 바로잡기 위하여 반공법
을 제정하여 국회에 발휘했다. 자유당 이승만정권은 국회에서 반공법을
야당의 반대도 불구하고 힘들게 통과시켰다.

광복은 되었으나 치안을 담당할 인재가 없어 친일파들이 경찰이 되
어, 반공법은 그들에게 이용할 기회를 만들어주었다. 반민특위법을 만든
것은 국회의 여당의원들 이었다.

친일파들이 경찰이 되어 오히려 반민특위를 빨갱이로 몰아갔다. 자기
들이 살아날 수 있는 기회를 호기로 삼았다. 이렇게 되다보니 법과치안
을 제대로 담당 할 수 없었다.

진짜 빨갱이는 잡지 못하고 애꿎은 사람들과 광복을 위해 목숨 바쳐 독립운동을 했던 인사들을 "방공법으로 옭아매" 숙청하고 감옥에 가두었다.

반민특위 이정재주임은 살아남기 위하여 자유당 이기봉한테 빌붙어 정치폭력조직을 만들어 (오야붕)두목이 되었다.

그시기에 김두한은 "이승만 대통령의 부름을 받아" 경무대에서 대통령을 면담하였다.

김군은 내가 미군정에 부탁하여 김두한 자네를 교도소에 있을 때 빼왔네!

좌익과 친일파들을 더 이상 살상하지 말고, 자유당정권을 밀어주게? 그리고 이 돈은 그동안 고생한 동지들과 함께 나누어쓰게, 봉투를 탁자 위에 내놓았다.

"각하" 사래는 고마우나 사양하겠습니다! 김두환은 단호히 거절했다.

그럼 안녕히 계십시오! 인사를 하고 뒤도 돌아보지 않고 밖으로 나왔다.

저사람 저리도 승질이 급할까.

경무국장은 '각하' 기다리십시오!

쫓아나와 김두한군 왜 이러시는가!

각하께서 생각하고 주시었는데.

친일파를 살려주고 등용하겠다는 대통령의 뜻을 따르라 하는데...

그런돈은 필요없습니다.

김두환은 지프차를 타고 경무대를 나오면서 이승만 대통령의 의중을 이해할수 없었다. 무엇 때문에 조선사람이 일본에 빌부터 앞잡이 노릇을했던 매국노들을 살려주라고 하는지 원망스럽다, 김두환은 경무대를 나와 지프차에 올라타서 혼자서 중얼거리며 우미관으로 향했다.

분통이 터지는 울분을 참기위하여 일본놈들과 싸우던 동지들과 함께 술이라도 마음껏 마시기로 했다.

우미관에 들어서자, 형님 어디갔다 오십니까?

이승만 대통령 만나고 왔다. 그런데 친일파놈들을 그대로 두라고 하기에 분통이 터질지경이기에 너희들과 술을 마시려고 왔다.

형님 앉으시오, 술을 마시고 있는데 시라소니와 이화룡이가 들어왔다. 너네끼리 술 먹고 있나, 나도 한잔주라!

형님 어서오십시오, 여기에 앉으시오 김두한이 정중하게 모시었다. 맥주 따라 주는 것을 마시고 벤드음악에 맞혀 '시라소니' 이북에서 월남하였기에 고향을 생각하며 타향살이 노래를 부른다. 주먹세계의 동지들 의리로 살아왔기에 그날은 그렇게 술을 마시며 회포를 풀었다.

김두한은 아버지 김좌진(金佐鎭)호는 백야(百冶)장군은 만주에서 북로군정서를 조직하고 총사령관이 되어 '사관양성소'를 설립하고 양성하였고. 독립군장군으로 독립운동에서 일본군을 1920년 "청산리전투"에서 크게 무찔렀다. 그러나 공산당원에게 저격당하여 서거하시었다.

김두한은 처음에는 친일파에 저격당한 줄 알았다. 공산당들에게 저격당하였다는 것을 알고난후 부터는 빨갱이라면 죽이고 싶도록 미웠다. 한때는 정찬용과 사회주의 이론에 관심을 두고 자주만나 술도 마시고 공산주의에 대하여 토론도하고 관심도 있었으나 알고난후부터 공산당들은 원수처럼 생각했다.

김좌진장군의 아들 김두한은 협객이자 정치인으로 어린시절 독립군의 아들이라는 신분 때문에 김또깡 이라는 이름으로 일본순사들에게 감시를 받았다.

김두한은 동지회를 조직하여 모든 서울의 주먹 오야봉들과 우미관에서 조직을 결성하고 세력을 넓혀갔다.

이화룡은 명동파로 명동일대를 좌지우지했다.

임화수는 평화극장 사장으로 연예계서 영화를 만들겠다고 배우들을 불러 모았다. 세상이 온통 주먹들을 앞세워 모든 일을 해결하는 시대였다. 자유당 정권은 장기직권하기위하여 폭력조직을 만들어 이정재는 동대문 상인연합회 만들어 회장이 되었다.

동대문 오야봉인 김동진은 자기의영역과 자기까지 이기봉의 뒷줄로 흡수한 이정재가 눈엣가시 같은 존재였다. 그러나 이정재 수하 서열2위로 모든 공사 입찰 수주하는 일을 맡아 친위대 부하들을 거느리고 이권 개입을 했다.

정치는 부패가 되고 폭력이난무한 시대에 북한공산당들을 기회를 노리고 백두대간 을 이용하여 산을 타고 내려와 빨치산 제집 드나들듯이 방방곳곳에 남로당조직을 결성하여 남침의 기회를 엿보고 있었다.

밤이면 경찰서를 습격하고 경찰가족이나 지주들의 집을 대상으로 약탈과 부녀자들을 성욕에 굶주린 늑대처럼 강간하는 일로 공포의 대상이 되었다. 허술한 치안은 부재 상태였기에 낮에는 산으로 도망가는 올빼미처럼 밤으로만 활동했다. 그들을 잡으러 다니는 경찰은 항시 뒷북만 치고 법은 오리무중이 되었다.

자유당정권은 정치폭력배가 설치고 민심이 이반되어 나라 운명은 도탄에 빠져들고 있었다. 정치인은 여당야당 사회는 좌익우익하며 파당을 지어 시장 잡배들보다 못했다.

백범 김구선생은 8,15 광복 후에는 신탁통치와 남한단독 총선거를 반대 했다. 남북협상을 제창하다 1949년 안두희(安斗熙)에게 암살당하는 정치 테로의 실상을 보여주는 일이었다.

북한에 김일성은 대한민국 적화통일 목적으로 인민해방군을 강성하게 양성하고 기회를 보고 있는데 남한에서는 밥그릇 싸움만 하고 있었다. 그러나 권세에 혈안이 되어있는 정치인들은 '부귀영화'를 위하여 권력과 파당은 패거리 난장판 국회가 되어 가고 있었다.

09 국방경비대창단

대한민국은 광복 후 1946년 국방경비대로 창단하여 보잘것없는 군으로 시작했다. 초대참모총장 채병덕 육군참모총장. 김창용. 백선엽 연합참모총장. 최경록 주일대사. 원용덕 초대헌병사령관으로 이어졌다. 그러나 안일한 정치지도자들은 권세에 혈안이되어있었다.

'권력과 명예 부(富)'는 누구나가 추구하는 바이지만 3가지모두를 동시에 얻는 것도, 오래 유지하는 것도 쉽지 않다.

"대체는 천한사람들이 쫓아가는 것이 세(勢)요. 서로다투어가며 얻으려는 것은 명(名)과 이(利)가 있을 뿐이다." 권력과 명예와 경제적 이익에 매달리는 인간의 기본적인 속성을 잘 보여준다. 세상이치가 권력이든 명예든 부든 여기에도 양면성이 있는 법이다.

'권좌에' 오르는 것은 수많은 주목과 도전의 대상이 된다는 것을 얻는 순간부터 지키는 일을 고민해야한다. 권력이든 명예든 부든 의지가 지나치면 집착하게 되고, 집착은 '무리수를 낳게 되고' 결국 파국에 이르는 씨앗이 되기 십상이다.

높은 관직에 오르는 것도 어렵지만 내려오는 일은 더 어렵다고들 말한다. 돈을 벌기보다 쓰는 것이 더 힘들며, 그 말은 집안에 병고가 있어 망하게 되는 것이라는 뜻이다.

인재를 구하고 벼슬을 맡기는 일이 다만 물이 흘러가듯 자연스러워서 뒤틀리고 막힘이 없어야한다. 정치는 '가와 반이' 있기 마련이지만 권좌는 평등한 사회 적이 없어야한다. "권자의 도리이며 의무이기도 하다."

"권좌는 천명"으로 되는 것이지 자기만의 뜻으로 되는 것이 안이기에 하늘에 뜻을 어기고 "사리사욕으로 민심을 이반하면 천벌"을 받는다.

자유당 정권은 부패의 길을 가고 있었다. 북한에 김일성은 통일을 하자며 미군을 철수하면 대화로 통일을 풀어가자는 의견을 내세우며 남북대화를 했다. 좌익세력들은 신탁통치를 종식하고 '남복통일은 국민들의 여망이기에' 미군정은 물러가라는 집회를 계속했다.

통일을 가로막고 있는 미군은 물러가라. 우리는 자주국민으로 통일을 한다. 여운형(呂運亨)등이 주동이 되어 조선준비 위원회와 맞서 좌익세력을 규합(糾合) 하여 한국 민주당을 결성했다.

1944년 여운형중심으로 '비밀결사대'를 조직하여 '조선건국동맹' 안재홍 등과 신간회계열의 민족주의 좌파세력을 규합했다. 미군철수 남북대표를 만들어 '연방제 통일을 하자는 '연막전술'을 폈다.

신탁통치 미국은 내정간섭을 하지 말고 한반도에서 떠나라는 구호를 왜치면서 좌익추종자들이 몰려다니며 집회를 했다. 이러한 것들은 김일성이의 지시에 따라 남로당 사주는 계획대로 이어져 가고 있었다.

미군은 1949년6월에 '군사고문단만' 남기고 주한미군 철수를 완료했다. 철수 1년 후 1950년 6,25남침이 감행되어 김일성은 '무력적화통일' 하려는 야욕을 드러냈다.

그러나 자유당 이승만 정권은 장기직권싸움에 눈이 멀어 "몽상부도(夢想不到)"하고 있었다. 국민과 조국을 지켜야할 정치인들은 파당과 당론에 따라 좌지우지(左之右之)하고 있을 때였다.

10 | 6.25 전쟁

전쟁이 일어났다. 3.8선을 코앞에 두고 있던 순림의 친정집은 1950년6월25일 새벽 탱크와 총소리는 지천을 울리며 물밀듯이 인민군들이 남침하였다.

순림의 부모님 재민은 가족들을 데리고 피난을 가야 했지만 순림의 삼촌은 중풍으로 거동이 불편하여 집에 남기로 했다.

단봇짐을 메고 정든 고향땅과 집을 두고 걸음을 재촉하는 아버지를 가족이 함께 따라 갔다. 하늘에 별이 쏟아지듯이 총탄과 포화가 천지를 진동하고 있었다.

주문진까지만 가면 되겠지 하시며 어서가자하시든 아버지의 말 습은 3.8선에서 자주 총격전이 있었던 일이였기에 곳 끝나겠지 하는 생각이였다.

그러나 소련의 지원을 받아 인민군들은 소련제 탱크를 앞세우고 파죽지세로 처내려오고 있었다.

국군은 6월25일은 일요일이라 장병들은 외박 나가고 38선은 무방비 상태였다. 전쟁 준비 없는 대한민국 정부는 허둥대고 있을 뿐이었다.

주문진을 지나 강릉에 왔으나 인민군들은 정동진 가는 등명으로 이미 새벽 4시에 배를 타고 상륙하였다.

동해안 길은 인민군에게 차단되어 태백중령 대관령 길을 선택하게 되었다. 아버지께서는 피난을 가지 않으면 모두 죽는다 하시며 대관령 옛

길 오솔길로 가야 빨리 피난갈수 있다고 했다.

하늘도 통곡 하는지 장마철이라 소낙비는 세차게 쏟아지고 철없는 소년 소녀의 몸으로 쉴 틈도 없다. 아버지께서 인민군에 잡히면 경찰가족은 제일 먼저 죽인다며 길을 재촉 했다. 수목이 무성한 오솔길 머리위로 윙윙 날아가는 대포소리는 어디서인가 떨어져 쾅쾅거리는 굉음소리가 귀전을 때리고 지나간다. 부지런히 가고 또 가다 보니 끝없는 피난길은 어느새 날이 저물어 사방이 어두워지는 오솔길을 헤집고 갔다. 진부 속 싸리재 막내 이모님 댁을 찾아갔다.

계십니까! 이모께서 나오시며 웬일로 비가 오는데 이렇게들 왔습니까?

전쟁이 나서 인민군들이 처내러 오기에 죽지 않으려고 피난 왔습니다, 어서들 방으로 들어와요, 이모님께서 맞아주었다. 모두 물에 빠진 병아리 같았다.

저녁 아직 먹지 못했지 하시며 부엌에서 저녁준비를 하시며 못된 인민군들 때문에 무슨 고생이야,

준비한 옷도 없고 옷을 벗어서 빗물을 짜서 그대로 입었다. 호롱불아래 허기진 배를 채우기 위해 옥수수와 감자를 석은 저녁밥 반찬은 된장뿐이지만 그래도 '시장이 반찬이라고 꿀맛' 같았다.

첩첩산중에서 화전 밭을 일구어 콩, 감자, 옥수수를 심어 생계를 유지하며 살아가는 화전민들이다. 깊은 산속 초가삼간 방 한 칸에 모두 새우잠을 자야했다. 베개대신 나무를 잘라 만든 목침을 베고 뜬눈으로 밤을 새우고 새벽일직 길을 재촉하는 아버지를 종종걸음으로 따라갔다.

평창을 지나가는 길목에 집들은 모두 피난을 가고 빈집들이었다. 백리 길을 걸어왔기에 굶주리고 허기진 배를 채우기 위해 텅 빈 집안에 들어갔다. 먹을 것은 아무것도 없고 장독대 옹가지속에는 고추장이 있었다. 고추장을 사발에 담아 흐르는 강물을 담아 고추장을 넣고 수저로

저어 마시고 시장기를 겨우 면할 수가 있었다.

동강은 저리도 평온하게 말없이 훑어가고 있는데 동족과 형제끼리 총칼을 앞세우고 죽고 죽이는 "골육상쟁(骨肉相爭)은" 왜서 해야 하는지 원망스럽다.

'사상과 이념의 갈등으로' 쫓고 쫓기는 전쟁이 시작되었다. 전쟁은 누구라도 자신의 이념과 반대되는 세력에 대해서는 폭력적이고 전투적일 수밖에 없다는 것이다.

그래서 이 땅에 대한민국과 인민공화국으로 갈라놓은 양쪽은 남쪽에는 이승만 정권 북쪽에는 김일성정권이 수립되어 있었다. 이것이 우리의 최대 비극적인 "동족상잔(同族相殘)의" 6.25전쟁이다. 백성들은 자연과 같이 누구의지배도 받지 않고 흐르는 강물처럼, 세월 따라 거침없이 자연스럽게 고향산천 벗 삼아 '한평생' 살고 싶을 뿐이다.

제천에 가면 딸 순림 있는 곳에 찾아가서 쉬어갈 생각이었다. 그러나 피난을 떠나고 아무도 없는 텅 빈 집들은 이미 패어가 되어 집을 지키고 있는 개만 짖어 대고 있었다.

모두 벌써 피난을 떠나고 아무도 없구나! 기차를 타야지 어서 기차역으로 가자하시는 아버지의 손을 잡고 명헌은 다리가 아파서 죽겠다고 동생과 중얼거리며 따라갔다. 기차역은 수많은 사람들이 기차를 기다리는 사람들은 '인산인해'(人山人海)를 이루고 난리북새통 있었다.

기차가 들어오고 있다. 누군가 소리치자 사람들은 웅성대기 시작했다. 홈에 정차 하는 기차는 일부는 객차도 있지만 짐 싫은 (고빼) 칸이 더 많았다.

사람들은 정차도 하기 전에 한꺼번에 기차를 서로 먼저 타려고 아우성이다. 식구가 많아 겨우 짐짝처럼 줄줄이 이어진 고빼에 탈수가 있었다.

그러나 타지 못한 사람들은 기차 지붕 우에도, 타고내리는 개단에 매달려가는 광경은 "아비규환(阿鼻叫喚)이었다." 역무원이 출발하라는 기를 흔들자 기차는 기적을 울리고 칙-칙 폭=폭 힘겹게 음직이기시작 했다. 달리는 기차는 검은 연기를 뿜어내며 산모퉁이를 돌아 들판을 다린다. 산과 들은 모두 푸르기만 했다.

강을 가로질러 가는 철교 이음새 지나가는 소리 떨거덕거리며 기적을 울리고 토해내는 검은 연기는 여자의 머리채를 날리는 듯 했다. 산천을 바라보는 피난민들은 언제 돌아올지 기약 없는 피난길 죽은 뜻이 조용했다. 얼마를 그렇게 달려왔는데 기적을 크게 울리며 오르막 터널을 빠져나가려고 힘을 내고 있었다.

그 시절은 석탄을 태워 수증기 힘으로 가는 기차는 터널을 통가할 때면 연기가 객차 곱빼 할 것 없이 사람들은 연기를 마시게 된다.

웬일일까 기차가 터널 안에 섰다. 연기는 숨을 쉴 수 없을 정도로 꽉차 들어오고 있었다. 사람들은 연기에 질식이라도 하려는 뜻이 숨이 막혀 캑캑거리고 아이들의 울음소리가 요란스럽다. 어른들도 참기 힘들어 손수건으로 입과 코를 막고 숨을 고르는데 어린아이들을 무방비 상태다.

기차는 쉬쉬 소리를 내며 왔던 길을 가제가 뒷거름 질하듯이 되로 가고 있었다. 터널 밖에 나와 얼마동안 수증기를 충전하고 기적을 울리며 다시 힘을 내어가기 시작했다. 기차는 찍찍 뻑뻑하며 가는 철길은 추풍령 따리굴이라고 했다. 너무 많은 사람이 타서 기차 힘이 모자라기 때문이라고 했다. 그러나 고개를 넘지 못하고 다시 후진하여 터널 밖으로 다시 나왔다. 기차 안에서는 어른 아이들 할 것 없이 아우성치는 소리는 생지옥의 "아비규환(阿鼻叫喚)이었다."

기차는 다시 수증기 충전을 위하여 기적만 울려대고 있었다. 다시 찍찍 뻑뻑 찍찍 뻑뻑 빠른 속도로 추풍령 고개 길을 넘기 위하여 최대 축

력으로 기차는 힘을 내고 있었다. 찍찍 뻑뻑 찍찍 뻑뻑하고 빠르게 가는 기차는 점점 느리게 찍 뻑 찍 뻑 하며 고개를 힘겹게 넘어서면서 다시 빠르게 찍찍 뻑뻑하며 찍찍 뻑뻑 속도를 내며 기적을 울리며 가기 시작했다.

그렇게 힘들게 터널 밖으로 나왔을 때는 모두 무연탄 연기에 얼굴에는 굴뚝에서 빠져 나온 사람들처럼 검정 투성이가 되었었다. 웬일인지 아이들 울음소리보다 어른들 아우성치는 소리가 요란스러웠다. 알고 보니 어린 아기가 연기에 질식사 했다고 아기엄마의 통곡하는 소리였다. 열차기관사는 아는지 모르는지 남쪽으로 달리기만 했다. 시간이 제법 갔는데 창밖으로 무엇인가 내던지는 것을 보고 저것이 무엇이냐고 모두들 창밖을 내다보았다. 질식사 아기의 시신을 포대기에 싸서 창밖으로 버리고 있었다. 생사의 갈림길에서 모성애도 어쩔 수가 없었다. 죽은 아기를 버리는 수박에 없는 현실의 전쟁이 얼마나나 긴박했을까? 그때를 지금사람들은 생각조차 못하고 매정한 부모라고 할 것이다.

"아비지옥" 같은 길을 달려 와서 경주역에 모두 내리라했다. 많은 사람들은 기차에서 쏟아져 나왔다. 갈 곳이 없는 피난민들을 뿔뿔이 이리 저리 떠나갔으나 갈 곳이 없는 것은 마찬가지다.

명헌은 식구들과 아버지 손에 이끌려 밤이슬이라도 피할 수 있는 곳에 가야지 하며 갖는 곳은 다리 밑이었다. 풀잎과 거적을 모아 은신처를 만들었다. 아버지께서는 이만하면 이곳에서 우선 지낼 수 있겠지 하면서 단봇짐 내려놓고 모두 앉아서 쉬라고 했다. 몸도 마음도 지칠 대로 지쳐 종일 물 한모금도 마시지 못하였기에 흐르는 시냇물을 떠다 마시였다. 그러나 시장기를 때울 수는 없었다.

명헌이와 명준이는 구걸을 하기위하여 빈 그릇을 들고 집들이 많은 동리를 찾아가 피난을 왔습니다. 밥을 얻으러 왔으니 밥 좀 주세요!

　아주머니가 나오시며 피난 오느라 고생들 했다. 하시며 밥을 주시며 공산당 때문에 어린 것들이 고생하겠다. 감사합니다! 인사를 하고 동생과 함께 여러 집을 돌면서 밥을 얻어 가족들이 있는 다리 밑으로 돌아왔다. 어머니께서 고생 많이 했다. 밥상대신 땅바닥에 놓고 옹기종기 둘러앉아서 밥을 먹고 끼니를 때웠다.

　다리를 지붕삼아 그렇게 밤을 지새웠다. 별들이 초롱대든 어둠의 장막은 피비린내 나는 전쟁이 일어 낳는지 아는지 모으는지 '태양은' 다시 동쪽에서 떠오르고 있었다.

　'아버지께서는' 미군들이 버린 시래기 더미에서 깡통을 주어다가 손잡이를 만들어주시었다. 이제부터는 구걸이라도 하라는 뜻이 깡통을 명헌이와 명준이 에게 죄어주었다. 끼니때가 되면 동리에 구걸을 하러 갔다. 피난민들이 줄을 길게 서 차래를 가다리면 아무소리 하지 않고 모두 밥을 주시는 경주 분들 인심이 고마웠다.

　피난생활도 고달 푼데 밤이 되면 다리 밑에 검둥이 미군 병사들이 찾아와 젊은 부녀자들을 찾으려고 손전등을 켜들고 얼굴을 비쳐보고 다니었다. 처녀들과 젊은 아낙네들은 저녁만 되면 콩밭에 숨어 있다가 미군 병사들이 왔다 가면 다리 밑으로 돌아오곤 했다.

　검둥이 미군 병사에게 피난민 한 사람이 영어를 못하기에 손으로 벙어리처럼 항의를 했다. 총을 가슴에 들이대고 워커신은 발로 마구 차는데 아무도 총부리 앞에 말리는 사람이 없었다. 그 사람은 차이고 총 개머리판으로 초죽음이 되도록 미군병사에게 맞았다.

　인민군에게 쫓겨 천리타향 피난생활도 서러운데 한국을 돕겠다고 참전한 유엔군 까지 피난민에게 횡포는 '약소국의' 서러움뿐이었다. 다리 밑에 피난생활은 미군들의 횡포에 더 이상 그곳에 있을 수가 없었다. 다음날 기거할 곳을 찾아 안압지 누정으로 온 겼다. 그곳에는 미군병사들이 찾아오지 않는 것만으로 생활하기에 힘들지 않고 편안 했다.

멀리에서 들려오는 대포소리에 불안한 생각이 들었다. 더 이상 피난은 가지 않겠다는 예상과 달리 낙동강 방어선마저 무너지고 국군과 유엔군은 패전을 거듭했다.

경주마저 인민군들이 쳐들어온다는 비보에 우리는 또 부산동래 까지 피난을 갔다. 한반도 '대한민국'은 부산만 남겨놓고 인민군들이 점령하고 더 이상 갈 곳도 물러날 곳도 없는 막다른 곳까지 왔다.

군인들은 트럭을 부산시내 곳곳에 주차해놓고 학생, 청년들을 닥치는 대로 총을 들어대고 차에 강제로 타게 했다. 그렇게 모집한 장정들은 총 쏘는 법만 가르쳐 보충병으로 전선에서 적과 전쟁을 했다. 부산은 피난민들이 모여들어 북새통을 일우고 골목마다 구걸하는 사람들뿐이었다.

11 월북한 병복 군관이 되어 돌아왔다.

월북했던 병복은 '인민군소좌가 되어 백마를 타고' 아버지를 찾아왔다.

아버지 동무 병복입내다. 그동안 무탈했습니까? 거수경례를 했다.

큰아바지 동무와 사촌형 가족들은 어디에 있습니까?

반동분자 처형하고 인민을 해방시키려고 왔습니다.

내가 병복이냐?...

그렇습니다!

이념과 사상보다 혈육의정 때문에 병복은 말에서 내려 아버지를 부둥켜않고 복받이는 서러움과 가슴에 서린 안 금의 한을 풀 것 같은 생각뿐이었다. 아바지 국방군을 물리치고 북에서 내려 왔습니다.

그래 건강하게 잘 있다 왔느냐?

내 건강하고 군관이 되어 출세하여 돌아왔습니다. 걱정하지 마시라요, 곳곳에 지하에 숨어있든 좌익세력(빨갱이)들이 살판 낫다고 인민군들에게 인민공화국만세를 부르며 환영했다. 병복은 우리는 인민해방군이다. 동무들 고맙소! 동무들과 함께 '인민공화국' 김일성 수령을 위하여 충성을 다하기요.

피난가지 못한 대갓집 노복들을 노동당 위원을 시켜 살고 있는 집을 인민의 이름으로 강제 수탈하여 보위부를 만들어 놓고, 지방빨갱이들에게 위원장과 여성동맹위원장 직책을 만들어주었다. 농촌에서 머슴살이하던 자들은 위원장이 되어 팔에 빨간 안장을 차고 죽창을 들은 그들에게 '보위부 군관은' 위원장동무 반동분자 경찰. 군인. 공무원. 자본주의 지주들 간나샛기들 잡아오라 소리쳤다. 화풀이라도 하려는듯했다.

빨간 안장을 팔에 끼고 죽창을 들은 그들에게 지시를 했다.

동무들 따라오기요 반동분자들 잡으러 갑시다. 좌익 세력에 잠재해 있든 그들은 떼를 지어 갔다. 며칠 전만 해도 남에 집에서 한생을 못 설음에 시달린 머슴살이로 돌아다니다가 근근이 새경돈 대신 쌀 몇 섬을 받고 일을 하던 자들이다.

또는 소작농으로 뼈가 부서지게 일했건만 처자식 먹여 살리느라 해마다 춘궁기 때 장래 쌀을 내어먹고 살았다. 그해 가을에 수확한 나락으로 50% 이자를 쳐서 갚느라고 자기 땅 한 평 없이 빚 가림도 제대로 못해 보고 살았다. 그릿 소라도 한 마리 매야지하며 부잣집 문전을 배회 하며 사정하던 그들에게, '사회주의 이론은' 평등하고 계급 없는 사회주의 인민해방군이라는 말에, 팔을 걷어 올리고 옛 주인 까지 잡아다놓고 또 다른 반동분자 색출에 나섰다.

피난을 가지 못한 경찰. 군인. 공무원. 지주 가족을 반동분자라고 잡아왔다. 낮에는 비행기 폭격을 피해 밤이 되면 동구 밖 느티나무아래 마을 사람을 불러 모아 놓고 인민제판을 했다.

군관은 의자에 앉아 지시만하고 위원장은 잡아 오는 사람들을 선별해 그중에서

'경찰가족부터' 불러냈다. 경찰가족 이세기들 우리를 천대하고 못살게 한 악질반동분자다. 한쪽에서 반동분자 죽여라 따라서 약속이라도 했듯이 죽여라 손을 쳐들어 올리며 죽이라고 왜 처댄다! 죽이라. 죽여라. 그렇게 재판을 진행했다. 돌을 던지고 죽창으로 찔러서 죽이는 끔직한 살상을 서슴지 않고 하였지만 누구한사람 저지하고 변론하는 사람은 없었다.

비참한 짓을 보고 잡혀있는 사람들은 사시나무 떨듯이 와들와들 떨고 만 있다가, 끌려 나가 죽도록 매를 맞고 초죽음 되어 살아남은 사람은 그나마 다행이라고 했다. 그렇게 하는 것이 '인민재판이다'.

매일 저녁 반동분자 색출하라는 위원장 지시에 따라, 마을마다 반동분자를 찾아 집집마다 신발을 신고 들어가 닥치는 대로 뒤지고 부서 댔다. 집안은 "쑥대밭을" 만들었다. 처참한 만행은 매일 밤만 되면 계속되었다.

어른아이들 할 것 없이 '공산주의 새내교육을' 하기위하여 밤이면 한 곳에 모이게 했다. 교육이 끝나면 비행기 공습으로 도로나 다리 끊긴 곳은 보수 하기위하여 끌려가 노역을 했다.

농촌에 소는 재산이자 농사를 짓는 데는 소가 논과 밭을 갈고 씨를 뿌리는데 없으면 안 된다. 소작 농민은 부잣집 송아지를 그리 소로 2년을 키워 새끼 낳으면 어미 소 젖을 먹고 젖을 때고 나면 어미 소는 주인이 가져간다. 송아지를 받아 키우는 제도가 그리 소를 키우는 제도였다. 그렇게 오만자루하게 키워주고 마련한 소 는 농민들의 재산이다.

인민군들은 닥치는 대로 숨겨둔 소를 끓어다 잡아먹었다. 소주인은 소가 없으면 농사일을 할 수 없기에 소만은 안 된 다고 소를 잡고 매달려 위원장동무에게 사정을 했다. 위원장동무 소는 안 됩니다. 반동분자 새끼 무시기 말이야 발길질을 했다. 돌아오는 것은 죽창메질을 당하고 소를 끌고 가 자기들 마음대로 잡아먹었다.

그때만 하여도 자동차가 없고 말에 의존하여 마차에 보급품을 싫고 대포도 마차에 설치하여 말이 끌고 계급이 높은 군관은 말을 타고 왔다.

피난을 가지 못한 젊은 사람들은 인민군에 강제로 끌려가 의용군이라는 이름으로 전쟁터에서 전쟁을 하다 죽어갔다. 양민들에게 반동분자라는 죄명으로 처참하게 피살되거나 총알바지로 전쟁터에 끌려갔다.

약삭빠른 사람들은 먹을 것을 준비하여 첩첩산중이나 자기 집 다락에 올라가 숨고 심지어는 구들장을 파내고 그 밑에 들어가 있기도 했다. 늙은 노인들만 남아 있었다.

병복은 남쪽으로 계속 진격하는 인민군 지휘군관으로 백말을 타고 북남 통일을 눈앞에 두고 의기양양하게 인민군을 동려하며 남으로 진격해 갔다. 그러나 영천 전투는 낙동강을 앞에 두고 방어하려는 국군과 남하하려는 인민군의 전투는 치열했다.

진격하려는 인민군, 방어하는 국군과 유엔군의 공방전에 전투기 폭격으로 수많은 인민군은 죽고 부상을 당했다. 전투는 밤낮을 가리지 않았다. 돌격하라 낙동강만 건너면 남반부 해방을 시킨다. '병복은' 목이 터지게 소리쳤다. 총탄이 비 오는 듯이

쏟아지는 전선은 예외는 없었다.

병복군관은 말에 낙마하고 부상을 당했다. 정신을 잃고 쓰러져 있었다. 얼마 후 정신이 들었다. 타고 왔던 애마가 쓰러져 있는 '병복군관의' 상처를 핥아 주고 있었다. 자기의 상처를 보살피는 말은 포탄 파편에 다리가 골절되어 피를 흘리며 주인을 돌보고 있었다. 말 못하는 "미물이지만" 자기 주인을 생각하는 '복종심은' 인간을 초월했다.

정신이 몽롱한대 누군가'군관동무' 괜찮습니까! 인민군 간호장교의 얼굴 희미하게 보이는 것은 놀랍게도 처음 이북으로 월북했을 때 양양에서 만나던 '여성군관' 동무였다. 동무 여기에 웬일입니까? '김일성 수령님' 명령으로 남반부 '인민해방을' 시키려고 전쟁에 참가 했습니다.

그들은 오래간만에 만나 마음속에 남겨져 있던 남자와 여자의 그리움의 제회였다. 월북하여 처음만나 '여성군관에게' 부둥켜 안겨 환영 받았을 때 그녀의 뜨거운 가슴에 생동감(生動感)이 넘치든 그때가 생각 낳다.

저녁밥을 함께 먹으며 북조선은 이밥에 쇠고기 국밥을 먹는다고 입이 마르도록 자랑하던 그때 '여성군관' 동무다. 생사를 가늠하지 못하는 전선에서 만날 줄이야 꿈에도 생각지 못했다.

인연은 하늘이 만들어 주었을까? 죽음을 재축했을까? 전쟁터에서 생사를 가늠하기 힘든 곳에서 부상을 당하여 걸음마저 걷기 힘든 때 여성군관동무를 만나게 된 것은 운명運命이라고 할까 하늘의 도움이라고 할까?

여성군관께 응급치료를 받고 애마를 타고 가야하는데 말도 총상으로 앞다리가 부러져 눈물을 흘리며 일어서 보려고 발버둥치고 있었다. 골절된 다리 때문에 일어서지 못했다. "설상가상(雪上加霜)"으로 더 이상 무의미한 애마였다.

군관학교를 졸업하고 말 타고 달리며 마상에서 총을 쏘았다. 그렇게 전쟁연습에 함께 해왔던 애마였다. 그러나 가슴이 찢어지는 애틋한 심정이지만 생사를 오가는 전쟁터에서 어쩔 수 없이 허리에 차고 있던 권총을 뽑아들었다. 애마야 용서 하여라 너를 어찌할 수 없이 명을 끊어야 하는 전쟁터이다.

말머리를 향하여 방아쇠를 당겼다. 탕탕 사랑했던 애마의 명을 그렇게 끊고 눈물을 흘리며 나를 용서해라 어쩔 수없이 너를 죽였다. 편히 쉬고 고이 잠들어라 넋을 빌었다.

그녀 어깨에 의지하여 산속으로 피신하여 은신처를 찾아 생명을 구해야 되는 폐전자의 참혹한 기로에 서있다.

비행기 폭격은 밤낮을 가리지 않고 하늘에 비가 쏟아지듯이 폭탄이 투하되었다. 동무 힘을 내세요!

걱정하지 마시오! 그러나 전선은 유엔군과 국군 화력에 초토화되어 최후의발악일 뿐 남녀군관은 본대서 이탈되어 낙오자가 되었다. 그들은 깊은 산속으로 여성군관에 의지하여 상처치료를 받으며 생명에 애착 때문에 빨치산을 찾아 지리산 쪽으로 가고 있었다.

산을 넘고 계곡을 따라 험준한 은신처를 찾아가는 길목 마다 나무들은 초록에 물든 산천에 풀 향기 산새울음소리로 흐르는 물 따라 세월도 흘러갔다. 삭막한 나날 속에 자연은 쉼터고 안식처였다.

유난히도 기억되는 어린 시절 신작로 느릿느릿 짐을 싫어 나르는 소달구지 꽁무니에 메달이여 여자동무와 즐거워했던 때가 새록새록 생각이 낳다. "삶과 주검이" 교차 되는 시점에서는 어린 시절 아득하게 그립다.

낮과 밤의 일교차가 심하고 삼복더위도 서서히 물러나고 들녘은 풍요롭기만 하다. 낮은 무덥고 밤은 추위에 떨어야했다. 후드득후드득 내리는 가을비는 한기를 들게 하는데 사람들의 눈길을 피해 한적한 산길을 선택해야 했다. 조용한 숲의 정취를 즐기는 대신 험하고 벼랑길은 고행을 감내해야 했다.

오랜 세월 나뭇잎이 썩어 쌓인 양탄자처럼 부드럽고 잡힐 듯 가볍게 번져오는 낙엽 썩는 냄새가 코끝을 스친다. 슬쩍 뿌린 가을비가 잠자는 솔 향을 일깨워 바람결에 실려 보냈다. 벼랑길을 지나 계곡 따라 확 트인 들녘은 풍요롭지만 삶에 아쉬움 숨소리마저 삼켜야 하는 유령길이다.

울창한 소나무 연한 분홍빛 숲이 하늘을 찌를 듯이 쭉쭉 벋은 가지는 진 초록빛 솔잎이 싱싱하다. 해는 서산을 넘보고 숨어드는데 천년의 숲은 암흑 속으로 덮어 놓는다. 낙엽을 긁어 모아 안식처 둥지를 만들어 놓고 밤을 보내야 했다.

은희 동무 이리오기요,

괜찮습니다. 그러나 차가운 밤공기는 추위에 떨어야했다.

추워서 함께 있어야 됩니다. 그제야 둥지 속으로 들어갔다. 추위를 견디기 위하여 어쩔 수 없이 서로 부둥켜 않았다. 두 사람은 밤이면 서로 않고 누어 서로의 체온으로 추위를 견디었다. 아무도 없는 수목만 울창한 가을빛을 먹음은 원색에 물들어 가는 산천에서 두 남녀는 사상과 이념 따위는 생사의 기로에서 초월 했다.

일교차 때문에 낮에는 태양빛은 따갑지만 해가지고 밤이면 추위가 엄습해 왔다.

체온을 유지하기 위하여 두 사람은 서로 부둥켜않고 누어 추위를 견디었다. 김연희 동무 사랑합니다. 기다리기라도 하듯 병복 동무 저도 사랑합니다. 그들은 그렇게 사랑을 했다.

두 사람은 사회주의 공산당에서는 같은 군관끼리 사랑 행각은 금지되어있다. 그러나 생사의 갈림길에 한배를 타고 풍랑을 만난 그들은 '이념의 규율 따위는' 생각할여유가 없었다.

한참 피려는 꽃봉오리 같은 '은희' 동무의 젖가슴은 찬바람이 휘돌던 산기슭에 훈풍이 느껴졌다. 유난히도 젖무덤이 탐스러워 가슴을 더듬는 '병복'의 손을 가늘게 떨었다. 처음 만져 보는 여자의 젖무덤 사랑을 겪어 보는 순정이었다.

여자의 육체를 난생처음 만져 보는 '쾌감(快感)'은 환상 속에 헤매는 꿈 깨여나지 않기를 바라고 있었다. 입술을 마주대고 가쁜 숨을 몰아쉬며 연희동무의 옷을 하나씩 벗기는 '병복'의 손을 떨리었다.

병복동무 이것만은 안 됩니다.

은희동무 사랑합니다. 거절보다 그에게 몸을 맡기었다.

어슴푸레한 달빛 나무사이로 해맑은 그녀의 알몸 위에 덮쳐 오른다. 그녀를 꼭 껴안고 성욕을 불태우는 가쁜 숨소리 섹스의 오르가슴은 온몸의 뼈가 아스라 지고 사상과 이념 따위는 생각지 않았다.

꽃잎 활짝 피어나는 수줍은 한순간의 환상 흩어지며 부서지는 그녀와 '병복은' 그 무엇보다도 '고즈넉해진 산에서' 아름다운 인간의 본능은 이루어졌다. 동무 행복합내다요,

나도 행복합니다. 이제는 죽어도 함께 죽고 살아도 함께 살아야 합내다. 그렇게 사랑하고 추위를 달래었다. 여자의 몸으로 계속된 산행에 지친 그녀는 병복군관동무 우리 투항할까요? 병복은 대한민국을 버리고 아버지와 형제를 떠나 북한 공산주의를 찾아 월북했는데 이재 죽어도 투항을 할 수는 없는 처지가 되었다.

그렇지 않았다면 함께 투항하여 남쪽에서 사상과 이념을 떠나 초가삼간에서 자식 놓고, 낮에는 밭을 갈고 씨를 뿌리고 밤이면 식구들이 오순도순 모여 웃음꽃을 피우고 살고 싶은 생각이다. 그러나 코긴 소처럼 자신들의 현실은 그렇게 할 형편이 안 된다.

동무 김일성 수령님을 배신하는 행위는 안 됩니다. 우리는 인민의 낙원을 만들기 위하여 전쟁을 하고 있습니다. 그들은 이념과 사상의 굴레에서 벗어 날수가 없었다.

반동적인 말은 하지 마시기요. 그러나 마음에 갈등이 생기고 있지만 억제했다. 운명으로 생각하고 그들은 더 이상 투항이란 말을 하지 않았다. 모든 것은 "호연지기(浩然之氣)로" 생각했다.

흐르는 계곡물은 가을빛에 애끓은 소용돌이 속에 이념의 전쟁에 땀에 찌든 옷을 벗어 맑은 물에 빨아 양지쪽에 널어놓고 목욕을 했다. 그녀 목욕하는 나체는 하늘에서 내려온 "선녀처럼" 아름다운 한 폭의 그림 같았다.

'병복은' 부모형제 누구의 사랑을 받아보지 못하고 살아 왔기에 한 여자의 사랑을 받아 보았기에 이제는 죽는 다해도 여한이 없다고 생각 했다. 숲속에 함께 누어 짧은 연민의 정을 나누는 동안 빨아 놓은 옷은 태

양빛에 물기 없이 말랐다.

쭈그러진 옷을 다림질 대신 둘이 당겨. 은희의 쪼그리고 앉아 빨아 놓은 옷가지를 함께 당기는 힘에 앞가슴은 출렁거리었다. 꽃봉오리 같이 아름다운 가슴은 그녀의 육체는 백년 천년을 두고 바도 아름답고 향기로운 꽃이다. 그대로 두고만 불수 없었다.

은희 동무 당신은 나에 천사 영원히 내 곁에 두고두고 영원히 사랑하겠습니다. 살며시 그녀를 않고 입술을 맞대고 부드러운 입속으로 혀가 들어가자 빨려 들어갔다

전쟁에 찌든 옷을 빨아 입고 나니 기분은 하늘을 날아 갈듯 상쾌했다.

지리산으로 가는 산길은 지천으로 널린 들국화 천고 난을 무릅쓰고 세상을 헤쳐 갔다.

로드게임 같이 널브러진 "인고(忍苦)"의 흔적은 린치의 자국뿐이다. 밤하늘 쏟아지는 별빛 중에 유난히 밝은 북두칠성 별자리를 쳐다보고 방향을 잡아 찾아갔다. 북한 '군관학교에서' 유격 훈련 때 나침판 없이도 별자리 보고 동서남북 방향을 알 수 있는 것을 배웠기 때문이다.

굶주린 배는 나무열매 따먹고 밤에 민가에 내려가 부엌에 들어가 밥과 반찬을 흠처 와 함께 먹고 허기를 면했다. '빨치산' 본대를 찾아 가는 길은 황금들판 강을 건너 산을 넘고 지리산으로 찾아 가는 길은 수려한 원시 립이었다.

협곡을 따라 흐르는 물은 거침없이 자연스럽게 어디론가 훑어가고 있었다. 험준한 산악은 깎아지른 기암괴석 하늘을 들쳐 이고 산을 감아 돌린 열은 구름이 떠 밭인 태고의 비경 쏟아지는 폭포소리 산청을 울린다. 계절을 풍요로운데 인간의 "삶은 메마르기만" 하다.

세월은 그동안 더없이 흘러 낙엽도 떨어져 바람에 이리저리 뒹굴고 깊은 산속은 찬바람이 얼굴을 스친다.

'빨치산들의' 은신처를 찾아가는 길은 힘들었다. 죽을 고생 다하고 동지들 찾아 험한 길 죽음의 길인지 삶 길인지 한 치의 앞을 내다보지 못하는 중생일 뿐이다. 그러나 쳐다보이는 풍광은 인간이라면 누구나 아름다운 자연에 감탄사를 내뱄게 된다.

숲속에서 새우는 소리가 인위적으로 들려온다. 동무 여기가 빨치산 은거지 문턱에 와있는 것 같아요. '그래요' 더없이 흘러간 세월은 계절을 바꾸어 불게 물든 단풍도 곱더니 낙엽 떨어진 위로 걸어가는 발목을 덮어 깊어가는 가을 산의 정취를 느끼게 한다.

낙엽 밟은 소리 사각사각 가을과 겨울을 함께 품은 지리산의 희열과 고뇌를 아는 산이 되기를 바라는 마음뿐이다. '병복은' 같은 소리로 신호를 보내었다.

앞으로 가고 있는데 숲속에서 손들어하는 소리에 깜작 놀랜 토기 귀처럼 손을 들었다. 총을 땅에 내려놓고 앞으로 오라 숲을 해치고 빨치산 병사가 달려와서 몸수색을 했다. 숲속에 숨어 있던 빨치산들이 여러 명이 나오면서 군관동무는 어디서 왔소,

.낙동강전선에서 부상을 당하여 본대서 낙오되어 이리로 오는 길이요,

수고들 했소, 딸아 오기요,

그들 되를 따라갔다. 어두컴컴한 동굴 속은 침침한 호롱불 밑에 굴 전체를 밝히기지 못했다. 음식 찌꺼기 냄세. 총신을 닦았을 기름 냄세. 발 냄세. 따위가 퀴퀴하게 코를 찌른다.

동굴 속에 높은 자리에 앉아있는 '우두머리 대장' 앞으로 끓어다 세워다.

동무들은 어디에서 왔소,

낙동강전선에 부상을 당해 낙오되어 여기까지 찾아왔습니다.

고생들 많이 했소, 여기는 빨치산 본거지로 이곳의 법과 지시에 따라

야하오 오늘 부터는 어께에 달은 계급은 피로치 안소 모두 때라오, 인민 군 병사가 계급장을 때어버린다.

여성동무는 여자들이 거처하는 곳에 함께 가있기요, 남성 동무는 남자들이 있는 곳에서 임무를 다하기요.

은희, 군관은 계급장 때어버리고 여자들만 있는 곳은 남편 따라 또는, 이념과 사상을 쫓아 험한 산속에서 한 치의 앞날을 생각지 못하고 살아가고 있는 여자들이다. 모두 비슷한 처지 지리산 속에 있는 빨치산 은신처 규율이다. 공포와 적개심 그리고 고향에 부모 어린동생 주마등처럼 그리움이 섞였다. 깎아지른 절벽아래 협곡 동굴은 본대였고 주위 절벽에는 빨치산들의 진지를 구축하여 자연이 만든 요새다. '남로당 박헌영의' 지시를 받고 있는 남한 땅 본거지 빨치산 은신처였다.

낙엽을 끓어 모아다가 깔아놓고 자리를 만들어 땅에서 올라오는 찬기를 막아 추위를 피했다. 산천에는 지천으로 너부러진 나무들이 있지만 불을 피우면 연기가 나기 때문에 빨치산들의 은거지가 발각된다하여 불을 피우지 않고 식사는 거의 생식을 했다.

그러나 산 짐승이나 양민들의 소를 빼앗아 잡아오면 끓여 먹거나 구어 먹을 때는 싸리나무로 불을 피워다. 싸리나무는 연기가 나지 않기에 항시 모아두고 사용했다. 오래되지 않은 동안에 몰라보게 토벌대들과 격전준비가 완벽하게 구축 되어있어 "격세지감(隔世之感)"이었다.

군량미를 구하기 위해 밤만 되면 유격훈련 잘된 빨치산 병사를 차출하여 산 아래 마을로 내려갔다. 민가에 쌀과 감자고구마 소금 닥치는 대로 빼앗고 반항하면 거침없이 죽이는 살상은 총소리가 나지 않게 대검이나 죽창으로 찔러 죽였다. 생과 사를 두고 갈림길에서 죽고 죽이는 동족 끼리 살육은 이념이 다른 갈등에서 만들어진 비참한 현실에 직면해 있었다.

사회주의 이론과는 너무나 차이가 만타는 것을 병복은, 그때 느꼈다. 삼복더위 속에 부상당한 상처 치료하지 못해 날이 갈수록 깊어져갔다. 치료약은 소금물을 만들어 상처를 씨서 내고 닦아내는 것이 전부였다. 썩어가는 다리에서는 구덕이가 뚝뚝 떨어지는 것을 보고 삶에 애착을 느꼈다.

함께 지리산까지 동행한 여성군관과 산속을 힘들게 해매는 산행은 그래도 행복 했다고 마음속에 보듬고 위로했다. 부부처럼 짧은 산행 생활 이었으나 생애 처음 행복했다.

김은희군관 임신이 되어 배는 하루가 멀다하게 불러오고 있었다. 남에 눈을 피할 수는 없다. 김은희 군관도 예외가 될 수 없었다.

빨치산대장은 김은희, 동무도 출동하는데 함께 가라요.

대장동무 알았습니다.

유격대 따라 민가에 내려가 식량을 강탈했다. 그러나 행동이 빠르게 음직이지 못했다. 최선을 다했지만 임신한 산모로는 동작이 재빠르게 움직일수가 없었다. 하루가 다르게 몸이 무거워 지고 힘들었다. 약삭빠르게 움직이던 동작은 사라지고 느린 것은 어쩔 수 없었다.

우두머리 대장은 두 사람을 번갈아가며 병복동무 함께 민가에 내려가 식량을 구하여오라고 하였다.

동무 알았습니다.

밤이 되어 부상당한 다리를 이끌고 빨치산 동무들과 함께 양민들의 집을 습격하였다. 감자 고구마 등을 빼앗아 오는데 이를 악물고 그래도 군관이었기에 임무를 다해왔다. 그러나 동작도 늦고 병복동무 때문에 경찰들에 추격을 받아 따돌리고 도망쳐 오느라 죽을 고생을 했다. 차라리 없는 것이 낫다고 함께 갔던 동무가 대장에게 보고했다.

동무는 한사람은 부상당해 걸음까지 걷기 힘들고 여성동무는 임산부 이기에 이동하는데 장해만 되었다. 빨치산들에게는 두 사람 때문에 토벌대들에 발각되어 공경에 빠질 수 있기에 쓸모없는 존재가 되었다. 대장은 병복과 은희 군관이었던 두 동무를 빨치산들에게 피로치 않기에 제거할 기회를 만들기 위해 계획적 이였다.

빨치산 대장은 김일성수령님의 뜻을 어기고 해방전사의 몸으로 자본주의 사랑행각에 취하여 임신까지 했다. 그 책임을 어떻게 해야 되겠습니까?

빨치산 들을 모아 놓고 동지들이 말해 보시라요? 처형해야 됩니다. 이구동성(異口同聲)으로 말한다.

오늘은 인민의 이름으로 인민재판을 한다고 대장동무가 선언했다. 병복 동무와 은희 동무는 앞으로 나오기요, 두 사람은 고개를 숙이고 대원들 앞에 나섰다.

대장 동무는 재판장이 되어 판결문을 낭독 하는 것처럼 지금부터 아버지 김일성 수령님의 이름으로 인민재판을 시작하겠습니다.

병복 군관과 함께 찾아온 여성군관 동무는 수령님의 명령에 책임을 다하지 못했다. 인민 해방을 시키려는 수령님의 뜻을 어기고 부상을 당한 몸으로 자본주의 사랑에 빠져 임신까지 하였소, 식량도 모자라는 형편인데 아무 일도 못하고 있는 두 동무를 어떻게 처리하면 좋겠소, 동무들의 의견을 말하시오?

한쪽에 앉아있던 아직 소녀티를 벗지 못한 학생 의용군은 일어나서 대장동무 조국과 인민을 위하여, 전쟁터에서 부상을 당하고 숙명적으로 만들어진 임신입내다. 기회를 주고 수령님과 인민을 위해 일할 수 있게 용서를 하여주시오.

또 다른 한쪽에서 수염이 텁수룩한 인민군이 벌떡 일어났다. 동무들은 조국 인민해방을 시키는 전사가 임무는 다하지 않고 자본주의 사상에 물들어 사랑행각에 임신까지 했기 때문에 처형해야합니다.

한목소리로 죽이라 죽여 하고 외치는 소리에 더욱 소름이 끼쳤다.

병복과 여성군관 동무는 그동안 김일성은 인민의 낙원을 만든다는 "감언이설(甘言利說)"에 속고 살아왔다는 것을 뼈저리게 느꼈다. 청춘을 받쳐 왔는데 쓸모없는 인간이 되었다고 파리 목숨보다 못하게 죽이는 '공산주의 이론은' 종말이 참흙 했다.

월북하여 출세하면 기뻐할 수 없는 까닭이 여기에 있다는 것을 그때야 깨달았다. 물고기는 아름다운 미끼로 죽게 되고 인간은 허울 좋은 가문이설에 '허망한 탐욕'으로 모든 것을 잃게 된다.

한반도는 남과 북으로 갈라져 있는데 '내조국은' 과연 어디란 말인가 생각하니 그동안 고난의 세월 공산당을 위해 목숨을 바치겠다고 맹세했다. 그런데 아무 뜻도 없이 지리산에서 죽게 되었다. 짧은 인생 사랑했던 여자와 함께 죄 없이 '영육의 삶' 마감하게 되는, '죽음'의 그림자 그리고 환희의 절망이 교차했다.

인간은 제도를 만들지만 제도는 인간을 못 만든다. 인간은 아무것도 갖지 않을 때 비로소 세상을 알게 된다는 것이 "무소유의 진리다."

어머니의 탈선으로 친일파 정부와 함께 아버지와 철없는 우리남매들 버리고 도망간 어미에 대한 배신감 때문에 '사회주의'에 물들었다. 경찰이던 사촌형께서 빨갱이 되었다고 학대를 받았다. 그로인하여 반목에 악의를 품고 월북하게 되었다. 군관이 되어 자랑스럽게 "금의환향(錦衣還鄕)" 하겠다고 생각했다. 그러나 모든 것은 공산주의 꼭두각시놀음에 놀아났다. 천신만고(千辛萬苦)끝에 찾아간 지리산에서 최후를 맞게 되어 절망과 혼란이 '교차되는' 현실은 참혹했다.

공산당을 위하여 지금까지 살아왔다. 그러나 그들의 손에 죽음을 당하게 되었다. 다른 것은 자신이 다 선택 할 수 있지만 자식이 부모를 선택 할 수는 없다. 병복은 자신을 낳아준 어머니가 좋던 나쁘던 자식이 선택 할 수 없기 때문에 천길만길 낭떠러지 앞에 서있다. 세상을 올바르게 살아오지 못하고 아버지 남에게 모멸감을 당하게 한 어머니와 사촌형 보복 하기위한 시간의 세월이었다.

'대장은' 동무 마지막 할 말이 없소.

조국과 인민을 위하여 전쟁터에서 모든 것을 다 바쳐 싸우다 부상당하여 여성군관 도움으로 동지들을 찾아왔습니다. 생사를 넘나드는 전선에서 청춘 남녀가 사랑했다는 것이 죄가 되어 죽인다는데 무엇이 할 말이 있겠소, 그러나 여성군관 동무는 죄가 없으니 살려 주시오.

은희 동무는 아니오, 함께 죽이시오, 아바이 수령을 위하여 목숨을 바쳐 전쟁터에서 적과 싸우다 부상당한 병복동무와 함께 찾아 왔는데 낙원을 만들겠다든 말은 허구에 불과했소, 공산당들의 심리를 아는 그녀는 '이판사판인 마당에서' 구차하게 생명을 구원할 피로가 없기에 죽이려면 함께 죽이 시라요 당당하게 말했다. 나 혼자 살아 무엇 하겠소 동무 "사후세계" 함께 갑시다.

아직도 이 동무들이 반성하지를 못하고 수령님을 배신한 동무들은 인민의 이름으로 총살해야 합내다. 대장동무는 아니오, 이 동무들은 그대로 죽여서는 안이되오. 나무에 묶어놓고 물 한모금도 주지 마시오. 총알 한 알이라도 아껴야 하고 굶어 죽게 해야 하오. 보초는 물셀 틈이 없이 철저하게 경비 근무하기요.

밧줄로 한 사람씩 따로 나무에다 팔을 되로 묶어 노우시오. 그러면 까마귀밥이 될 거다.

빨치산들은 대장이 시키는 대로 나무에 매달아 놓았다. 한나절이 되면 따가운 햇볕에 목이 타들어가고 해가지면 일교차 때문에 추위에 떨어야했다. 하루 이틀은 참고 견디었으나 시간이 갈수록 허기와 목이 타 들어갔다. 시간이 갈수록 개미때들이 몰려와 병복의 상처에 살을 파먹 고 살점을 뜯어 갔다.

고통때문에 빨리 죽여 달라고 애원을 하다 지쳐 축 늘어졌다. 까마귀 때들이 몰려와 까악. 까악 거리며 허공을 맴돌다. 나무에 내려앉아 눈알 부터 파먹고 육신을 뜯어 먹는 것을 알면서도 손발이 묶여 그대로 당하 고 있었다. 대장동무도 인간이기 때문에 비참한 꼴을 더 이상 볼 수가 없었다.

빨리 죽여 주시라요.

대장동무가 지시를 하였다. 떡갈나무 잎으로는 눈을 가리시오 가슴에 나뭇잎을 심장에 표적을 부쳐놓기요, 가슴에는 나뭇잎으로 총 맞을 자 리 심장이 있는 곳에 부쳐 놓았다.

두 사람은 모든 것을 체념하고 눈알은 까마귀밥이 되어 피 흐르는 눈을 감았다. 어두음의 앙금을 가라앉히지 못하고 허무한 '사회주의 이 론에' 속고 살아왔다는 것을 알았다. 역사는 시대에 따라 달라지고 있 는데 북조선 사회주의 역사는 계곡의 터널 굴곡을 빠져 나가지 못하고 있었다.

실록이 무성한 삼복더위도 꺾이고 오곡백화 풍요롭다. 그러나 삶은 메마르다. 산천은 붉게 물들어 가을도 낙엽 되어 떨어져 뒹굴고 있다. 가는 세월 아쉬움 인지 두 남녀 죽음이 슬퍼서 일까 삶에 끝자락 매미 우는소리 지리산 깊은 산자락 짧은 운명 애달파서 일까 구슬피 울고 있다.

두목인 대장은 사수들을 불러 세웠다, 반동분자들을 이재는 죽여야 하니 사격준비를 하라, 죽음앞에 두 사람은 보이지 않는 눈이지만 서로 바라보았다.

대장은 사격준비 사격계시 탕탕 총성은 지리산을 메아리친다. 가슴에서는 붉은 피가 흘러내리고 있다.

자신을 돌아보지 않는 자는 "허황한 탐욕으로" 가슴에 그릇이작아 과도한 물건을 담으려 하면 깨어진다. 자신을 모르기에 폐망하는 것을 모르고 있다. 아무리 세상물정이 어둡다 해도 빨치산들은 두려웠다.

어미의 가출에 사촌형까지 빨갱이라는 비인격적인 구박에 '사회주의 사상에' 물들어 월북하여 군관이 되었다. '동족상잔의' 전쟁에 참여하여 낙오병으로 빨치산 최후를 참혹하게 마감했다.

꽃도 다 피우지 못하고 쓰러지면서 동무 저세상에서 다시 만납시다. 가슴에 붉은 피를 흘리며 손을 잡아보려고 허우적거리다 숨을 거두었다. 지리산에서 그렇게 피살되었다. 아직 세상구경도 하지 못한 뱃속에 생명도 함께 피도 눈물도 없이 공산당 이념에 재물이 되어 잔인하게 살육되었다.

동무들 병복동무와 은희동무는 자본주의 망상에서 깨여나지 못하였기에 처형했소, 앞으로 '직위고하를 막론하고' 누구나 위반된 행동을 하면 저들처럼 처형 될 것이오. 찬물을 끼얹진 듯이 싸늘한 산속에는 살기만 감돌고 있었다.

그렇게 두 남녀는 허울좋은 조국인민을 해방 시킨다는 목적으로 전쟁에 참여했다. 그러나 청춘의 한을 남기고 영원히 다시오지 못하는 길을 갔다. 시신은 나무에 매달려 까마귀밥이 되고 시간이 지나가니 시신 썩는 냄새는 코를 찌르게 지독했다.

대장은 그때서야 동무들 한때는 동지였소, 시신을 땅에 묻어 주기기요, 그래도 공산당 이지만 양심은 버리지 않아 양지바른 곳에 묻었다.

그들의 넋은 지금도 지리산 구천을 떠돌고 있을 것이다.

인민군들은 한반도를 장악하고 부산경남일부만 남았다.

지방 빨갱이들은 살판 낫다고 날뛰었다.

천민 없는 사회 빈부도 없다는 가문이설에 속은 그들은 공산당에 가입을 했다.

그 시절은 창원군 노동당 위원장이 된 권아무개는 양민들을 잡아오는데 앞장섰다. 서슬이 시퍼렇게 죽창을 들고 공산당 깃발을 흔들었다. 서릿발처럼 매서운 사회주의 혁명에 합류했다.

허황된 공산이념의 칼을 빼들고 양민들을 학살하는데 앞장섰다. 죽이고 사는 살생은 그들 위원장의 혀끝에 달려 있었다. 밤이되면 지주, 경찰, 군인, 공무원, 가족들이 잡혀왔다. 동구밖 느티나무아래 오랏줄에 묶여 끌어앉아 인민재판은 위원장이 재판을 했다.

권아무개는 처와함께 내세상이 된 듯 동무들 반동분자들을 처형할까요? 구경하던 사람들은 죽이라 죽여 한목소리로 외친다.

죽창으로 찌르고 돌멩이를 던져 무참하게 죽이는 살육을 자행했다. 한반도전체가 공산주의가 된다고 오판을 하였으나 그들은 얼마 되지 않아 폐망하게 되었다.

그러나 작전상 후퇴했다고 믿었다. 또 공산당 세상이 다시 온다는 기대감에 부풀어 북으로 인민군을 따라가지 않고 기다렸다. 그러나 인민군은 퇴각하고 국군이 돌아왔다. 군인들에 체포되어 부역한 죄로 방공법에 의하여 수감되었다. 기대는 허망한 생각으로 끝나고 권아무개는 국가보안법으로 구속되었다. 수감생활에 수차래 전향(傳香)하라는 권유를 뿌리치고 오직 김일성수령을 위하여 감옥생활하다 옥사했다.

12 퇴각하는 인민군

전쟁은 패전으로 인민군주력부대는 퇴각하기 시작했다.

유엔군 '맥아더장군은' 뛰어난 전술로 태평양전쟁을 승전으로 이끈 연합군 최고 사령관이다. 1950년 한국전쟁 인천상륙작전을 기획하고 동해안 장상포구 상륙작전을 계획하고 있었다. 군번없는 학도병모집을 각처에서 했다. 중학생들은 나라를 지키겠다는 신념으로 자원입대를 하였다.

그 수는 772명 작전명령 174호다. 총 쏘는 법만 가르친 10대 소년병들은 낙동강 전선이 무너지기 직전 인천상륙작전을 하기위한 적군에게 속임 전술이었다. 제군들은 조국과 민족을 위하여 상륙작전에 성공하고 꼭 살아서 돌아오기를 바란다. 부대장의 명령이자 호소하는 말이었다.

모두들 승선하라는 명령에 총은 하나씩 바다들은 병사들은 어깨에 총을메자 땅에 총 개머리판이 끌리게 키가 작았다. 수송함 문창호에 승선했다. 부산항에서 출항하여 동해안 포항 을 거처 장상포항 상륙 직전에 태풍이 몰아치자 문창호는 좌초되어 음직이지 못하고 파도가 삼키듯이 간판위로 몰아쳤다.

배에서 탈출 했으나 인민군 2개 사단은 기다리고 있다 무차별 공격으로 133명 사망 39명 부상 나머지는 실종으로 기록 되어있다. 군번없는 학도병들은 인천 상륙작전을 하기위한 재물이 되어 산화했다.

인민군들은 장상포항에 상륙작전이 전게 될것이라는 예측으로 동해안 경계태세를 강화하기위해 인민군은 집결해 있었다.

맥아더장군의 전술에 속았고 인천은 조수가 있기에 상륙작전이 있을 것이라는 예측 못하고 있을때 미 해병대와 한국해병이 합동작전으로 상륙했다.

인민군의 허점(虛點)을 치고 서울에 입성하여 중앙청에 태극기를 개양했다.

인민군 전선의 허리를 잘라 보급로 차단함으로 혼비백산(魂飛魄散)된 인민군은 퇴각을 산속으로 쫓겨 백두대간으로 숨어들었다.

전쟁은 다시 뒤바뀌어 인민군은 밀리게 되었다. 동족상잔(同族相殘)의 처절한 참상이 다시 시작되었다.

연합군 반격은 밤낮을 가리지 않고 전투기 폭격으로 수십만명의 인민군과 양민들이 함께 죽었다.

"질풍경초(疾風勁草)"같은 국군은 시련을 겪으면서 비로소 그들의 진가를 알게 되고 퇴각하는 인민군을 사살하며 북진을 계속하였다. 전세는 바뀌어 공산당에 가입하고 부역(附逆)한 자 들은 인민군을 따라 북으로 처자식들을 버리고 따라갔다.

국군들은 서부. 중부. 동해안 전선을 일제히 북진하면서 부역(附逆)했던 사람들은 빨갱이라 하여 그들 가족과 함께 잡아왔다.

발길질과 몽둥이로 맞아가며 조사가 끝나면 구덩이를 파라해 놓고 파고나면 그 위에 세워놓고 총살시켰다. 빨갱이가족중 처녀가 있으면 국군들은 총부리를 데고 조사할 것이 있다고 데려가 몸수색을 한다며 발가벗기고 알몸을 만들었다. 성욕에 굶주린 군인들은 서슴없이 간음했다.

총 뿌리 앞에 반항도 할 수가 없으며 생명이라도 구하기 위해 시키는 대로했다. 모두 전쟁이 만든 비극이 될 수밖에 없는 현실 앞에는 변명의 여지가 없었다. 한차례 썰물이 밀려왔다 빠져나가듯이 전쟁은 쳐들어

왔다 반격에 쫓겨 가는 것은 자연에 순리와도 같았다. 법은 오리무중이고 전쟁이 만든 강자와 약자의 반복되는 살육은 계속 되었다.

명헌 가족은 인민군이 퇴각하고 국군이 북진한다는 소식을 듣고 부산에서 동해안을 따라 고향 찾아오는 길목마다. 수없이 너부러져 있는 시체 썩는 냄새는 코를 찌르듯 지독했다. 인민군 패잔병은 산으로 도망치고 호수에 죽은 말들의 시체는 물을먹어 배가 빵빵하게 터질 것 같게되어 떠있었다.

도요다 군인트럭들이 짐을 실고 줄지어 가기에 손을 들고 태워 달라고 했다. 트럭이 정차하여 명헌누님 둘은 소녀라고 운전석 옆에 타라하고 아버지 어머니. 형. 동생은 함께 적재함 짐짝 위에 타고 평해 까지 쉽게 왔다. 평해서 부터는 계속 걸어서 동해안 철길을 따라 고생고생하며집에 왔다.

다행이 병든 삼촌도 생존해 계시었고 죽은 사람도 많았고 생사를 알수 없는 행불자 가족을 찾아 울부짖으며 해매는 사람들이 많았다. 그러나 가는 곳마다 죽어 너부러진 시체가 너무 많아 어떻게 처리할 수 없어 방공호에 쓸어넣 고 그대로 묻어 버린 곳이 "비일비재(非一非再)했다." 그래도 죽지 않고 고향에 살아 돌아온 것을 다행으로 여기었다.

수복은 되었지만 도로를 따라 진격한 군인들을 피하여 인민군들과 지방빨갱이들은 산속으로 숨어들었다. 백두대간산속에 숨어있던 인민군은 국군과 유엔군 북진후에 치안 공백이 생긴 틈을 이용하여 때를 지어 삼삼오오 짝을 지여 내려왔다.

강릉 경찰서 S지서 퇴각하던 인민군들은 야밤을 이용하여 지서를 둘러싸고 공격을 했다. 순식간에 습격 받아 방어한번 제대로 하지 못하고모두전사하고 경찰관 정명규는 그들에게 잡혀 손목을 묶인체로 끌려갔다. 사촌동생 병복이 빨갱이라고 메질하고 사회주의 공산당은 안된다고 하였는데, 이제는 그들에게 죽게 되었다.

가는도중 인민군군관은 많이 본 얼굴 강릉 L고등학교 동기동창이었다. 이제는 죽고 사는 생사의 갈림길에서 살아야 된다는 생각뿐이었다.

'군관동무'

왜 부르기요?

이제 죽는데 저는 시계가 필요하지 않소!

시계를 '군관동무에게' 주겠으니 받아주시오.

반동분자새끼 무슨 소리하고 있소, 빨리 동무들 끌고 가라오.

비행기폭격 때문에 야밤에만 이동하여 북쪽으로 끌고 갔다.

그래도 살아야 된다는 생각으로 다시 불렀다.

'군관동무' 나는 북으로 가서 죽을 터인데, 죽는 사람은 시계가 필요하지 않습니다. 좋은 시계입니다. '군관동무'에게 드리겠소, 받아 주시오.

그때야 '군관은' 알아보았는지 동무들 여기에서 쉬어갑시다 동무들 반동분자 새끼들 죽이고 올 터이니 감시 잘 하시라요,

경찰, 공무원 반동분자 이리 나오라 손이 꼭꼭 묵인체로 앞으로 나왔다.

앞으로 가기요.

따발총으로 등을 밀면서 산 아래로 내려가서 엎드려, 하기에 어쩔 수 없이 땅바닥에 엎드렸다.

이곳서 이제는 죽는구나 생각했다.

땅땅땅 연발로 총소리가 귀전을 때리었다.

죽었다고 생각했다.

그런데 웬일일까?

손목결박 지은줄을 풀어주며, 빨리 도망가라요.

그러나 겁에 질려 오금이 붙어 갈수가 없어 얼마를 엎드려 있었다. 마음이 진정 되고나서 오금아 날 살려다오 하며 산골 숲을 헤집고 인민군

을 피해가며 그렇게 생사의 갈림길에서 살았다. 산을 넘고 들을 건너 한시라도 빨리 고향집으로 가고 싶었다.

그러나 국군들 검문에 걸렸다. 당신들 어디서 오는 겁니까?

명규는 경찰입니다. 인민군들에게 잡혀가다 도망쳐 오는 길이요,

당신들을 어떻게 믿겠소!

따라오시오, 명규는 아무말도 하지 못하고 군인들을 따라갔다. 천막속으로 들어가며 들어오시오, 천막속에는 장교가 책상의자에 앉아 있었다.

함께 들어간 군인은 경례를 하고 경찰관이라 합니다.

그래 경찰이 왜 전방까지 왔소. 인민군들에게 잡혀가다 도망쳐 오는 길입니다.

그래요 그러면 병력이 부족한데 혁역으로 편입하여 전투에 참여하시오, 김중사 이사람 군복과 총을주 라.

알았습니다. 군복과 군화를 주면서 입으시오. 하고 던져주었다. 어떻게 할 방법이 없었다.

명규는 주섬주섬 입었던 옷을 벗어놓고 새 군복을 갈아입었다. 모자를 쓰고 Ml 소총과 실탄을 받아들었다.

지금부터는 당신은 경찰이 아니고 육군하사 분대장으로 공무원은 당신은 일등병으로 전투에 참여하시오.

그날부터 육군하사계급장을 달고 최전방 3사단에 배속되어 분대장으로 보충병으로 온 일등병들은 전투경험도 없는 병사들을 대리고 전투를 하여야했다.

유엔군과 국군은 대로를 이용하여 진격을 하고 산속으로 숨은 인민군은 그대로 남겨두었다.

산속에 있던 인민군 패잔병들은 양양 남대천 고수부지에 집결하여 반동분자 색출하여 죽이는 만행은 계속 되었다.

패잔병들을 피하여 재현은, 아들 명덕과 함께 잡히면 죽임을 당하지 않으면 인민군의 짚을 지고 북으로 끌려가기에 오히려 북쪽으로 피난을 갔다.

부녀자 어린아이들은 산속에서 피신을 하게 했다. 그때만 하여도 전선이 고성 조금 지나 통천 해변 갯바위 틈에서 피신을 했다. 그 시절 (쌕쌔기)전투기가 기름 탱크를 떨어뜨리고 융단폭격으로 기름에 불을 붙여 인민군 패잔병과 양민도 함께 태워 죽였다. 밤낮을 가리지 않고 그렇게 폭격을 하고 끝이 났다.

집으로 돌아오는 길에는 죽어 너부러진 시신들은 마치 개를 끄실어 놓은 듯 했다.

유엔군과 국군백마부대 명규는 분대장으로 계속 진격하여 백두산에 태극기를 꼽기 직전이었다. 유엔군과 국군은 압록강, 물을 마시며 전투에 그을린 얼굴을 씻기도 하고 통일을 눈앞에 둔 군인들은 만세를 부르며 통일의 여망을 즐겼다.

13 김일성은 중국에 지원요청을 했다.

　김일성은 중국 모택동께 도움을 청했다. 중국은 그때만하여도 재래식 무기도 부족했다. 중국 모택동이 소련 스탈린에게 60개 사단 규모의 무기지원을 요청했다. 속셈은 낙후된 중공군 현대화무기를 지원하여 달라고 간청했다. 스탈린은 중국에 많은 무기를 지원하게 되면 소련이 중국에 군사적 위협을 받게 된다고 생각했다.

　모택동의 의도를 알아챈 스탈린은 16개 사단 규모만 지원 할 수 있는 무기만 약속했다. 모택동이 6.25 전쟁에 군대를 파견한 1950년 10월은 중화인민공화국을 세운지 1년밖에 되지 않은 시기였다. 당시 중국은 경제재건 등 내부적으로 시급히 처리해야 할 문제가 산적해 있었다.

　이런 일들을 뒤로하고 6.25전쟁에 참여했다. 모택동이 자기발등의 불도 아닌 남의나라 전쟁에 뛰어든 것은 무엇보다. 세계혁명을 완수하기 위해서는 미국과 일전이 불가피하다는 생각을 가지고 있었기 때문이다.

　인천상륙작전에 성공한 미군과 한국군이 진격하자 모택동은 마음이 더욱 급해졌다. 1950년 10월 1일 중공군 파견요청을 받은 모택동은 10월 5일 정치국회에서 일부반대의견을 누르고 항미원조 보가위국 미국에 대항하는 인민공화국 조선을 도와서 사회주의 대가정과 (국가를 보위한다.)는 명분을 내세워 출병을 결정했다. 형식은 중국정부나 공산당 군대가아니라 의용군인 중국인민지원군 이었고 사령관은 팽덕회 가 지휘했다.

모택동은 10월 8일 소련의 지원을 얻어내기 위해 주은래를 모스크바로 파견했다. 주은래는 소련에 공군지원과 무기. 장비. 그리고 육군경무기의 설계도지원을 요청했다. 중국은 북한을 돕기위해 참전하는 기회를 이용하여 낙후된 중공군을 소련의 현대화된 무기와 장비로 무장하려는 의도를 가졌던 것이다.

스탈린은 무기, 장비와 제조, 기술, 제공에는 동의했으나 공군지원은 2개월반이 걸린다고 했다. "중국이 곤란 하다면 출병하지 않아도 된다고 했다. 북조선이 없어지더라도 우리는 역시 사회주의이며 중국은 여전히 존재한다고" 말했다. 이를 듣고 10월 12일 조선출병을 모택동은 참전할 것을 결정했다.

중공군은 10월 25일 우리국군 1사단과 첫 전투를 시작으로 11월 5일까지 1차 공세를 취했다.

중국이 6.25전쟁에 개입한지 얼마 뒤 모택동은 큰아들 모안영을 전선에서 잃었다. 모택동과 두 번째 부인 '양개해' 사이에서 태어난 '모안영'은 평안도의 중국인민지원군 사령부에서 일을 했다. 통역을 하기위해 러시아사령부에서 번역과 비서일하다가 11월 25일 미군비행기폭격으로 죽었다. '모택동에게 주은래는 모안영의' 사망소식을 한 달이 넘게 지난 1951년 1월 2일 알렸다. '모택동은' 비통한 마음으로, 전쟁은 끝내 목숨을 요구 하는구나, 하고 탄식했다. 모안영은 북한 땅에 묻혔다.

이때까지 북한에 들어온 중공군병력은 30개 사단이었다. 모택동은 이어 전쟁의 장기화를 명분삼아 100만명의 병력을 수립하고 "스탈린"에게 60개 사단 규모의 무기공급을 계속 요청했다.

스탈린은 그것이 순수 전쟁용이 아니라 중공군 현대화에 이용하려는 의도라고 생각했다. 스탈린은 1951년 16개 사단 규모의 장비만 공급하고, 소련이 중국에 제공한 각종 대공화기는 북한에 넘겨주라고 지시했다. 무기공급을 둘러싸고 불거진 중국과 소련의 갈등은 휴전협상에서 더욱 증폭 되었고, 조기휴전을 원했던 '모택동'은 1951년 8월 13일 유엔군에 제시한 현 전선에 대한 휴전안을 받아들이자고 했다. 그러나 전쟁을 통해 미국과 중국을 악화시키려는 의도를 가졌던 '스탈린'은 강력하게 지속전인 전쟁을 요구했다. 그렇게 북한은 소련과 중국을 등에 없고 "동족상잔(同族相殘)"의 전쟁으로 수 십 만 명 죽고 농토를 잿더미로 만들었다. 소련이 중국에 제공한 무기로는 턱 없이 부족하기 때문에 선두 중공군만 총을 들고 후미에서는 꽹과리를 치고, "인해전술로" 압록강을 건너 남으로 몰려왔다. 아군은 적을 사살하여도 끝이 없이 죽으면 총은 뒤에 있는 중공군이 들고 시체를 타넘고 "파죽지세(破竹之勢)"로 구름처럼 몰려왔다. 유엔군과 국군은 중공군을 죽이고 죽여도 밀려오는 인해전술에 어쩔 수 없이 퇴각했다.

그러나 중공군은 함경남도 남쪽 퇴각로를 막자, 철군을 하기 위하여 흥남 항에 집결하라는 명령이 떨어졌다. 그러나 기동력 자동차냉각수에 부동액을 주입 못 해 엔진이 동파되어 운행이 중단되었다. 유엔군과 국군은 행군으로 철군하다. 동사하거나 굶어 죽기도 했다.

명규는 살아남은 군인들과 피난민은 살을 파고드는 강추위 눈보라 속에 흥남부두에 집결했다. 피난민과 군인들은 인산인해를 이루고 아비규환이었다. 명규는 구사일생九死一生으로 1950년 12월6일 미군과 함께 피란민 태운 미국상선 레인 픽토리호에 승선했다. 눈보라 휘날리는 흥남부두를 뒤에 두고 떠나고 있었다. 승선하지 못한 10만여명이 울부짖었다. 트럭. 대포 같은 군 장비를 먼저 싣고 빈 공간에 피난민을 태운 탓에 배 안도 지옥이긴 마찬가지였다. 사람 위에 사람이 포개않고 그 위로 주먹밥이 날아다녔다. 서로 받아먹으려고 아우성 한 개라도 받아들고 먹으려니 꽁꽁 얼어 돌멩이 갗다. 그래도 이로 긁어 먹으며 허기를 면했다. 그 와중에서도 "응애응애"하는 아기 울음소리가 들렸다. 극한상황에서도 태어난 새 생명에 모두가 숙연해졌다. 이틀 후 레인 픽토리호는 거제도 장승포항에 도착했다.

유엔군 "메리디스 빅토리호"는 7.607톤 화물선 흥남부두 철수 때 살아온 군인들, 그리고 피난민 7009명을 태우고 타지 못한 피난민은 우리도 데려가 달라 살려달라고 애원을 했다. 어른들은 못 데려가면 아이들이라도 데려가 달라고 피맺힌 절규를 했다. 그 참상은 지옥이나 다름없었다. 참혹한 현실 명규는 군인 아닌 경찰로 군인이 되었다. 그러나 전투에서 부상을 당해 피를 많이 흘리고 전우들의 도움으로 배는 탈 수 있었다. 그러나 매서운 강추위 때문에 배안에서 저체온 증으로 전사하고 말았다. 그렇게 며칠을 밤낮 없는 뱃길은 고동을 울리며 거제도 장승포항에 고동을 울리며 닻을 내려놓았다.

"벽력암전(霹靂暗箭)"누구도 원망하지 않고 살아온 것을 천행으로 여겼다. 갈 곳 없는 피난민들은 부산으로 몰려 왔다. 각자 살 곳을 찾아 영도다리 밑에 판잣집을 짓고 삶에 터전을 피난민들은 만들어갔다.

14 1,4후퇴 피난길

꺼져가던 불씨를 되살리며 살기를 겨우 서너 달 남짓, 예기치 않았던 중공군의 개입으로 또다시 국군이 밀려 남하하자, 피난가지 않으면 죽는다고 단봇짐을 꾸리기 시작했다. 나라와 백성의 운명은 "흥망성쇠"의 길을 가고 있었다.

1,4후퇴 피난길 눈은 허리까지 감싸이고 매섭게 몰아치는 겨울바람은 살을 파고들었다. 명헌은 삼촌 중풍으로 피난을 함께 갈수 없기에 집에 남아 있기로 했다.

내 걱정은 하지 말아요! 전번 6.25때도 무탈하게 있었으니 몸도 불편한데 집에 있을 터이니 잘 다녀오십시오!

그렇게 피난을 가고 가족들은 아무도 곁에 없는 외톨이 신세 "첩첩산중(疊疊山中)"에 혼자 남아 있는 꼴이 되었다.

후퇴하는 군인들은 중공군과 인민군의 은신처가 된다는 생각 때문에 집에 불을 질렀다.

"비석거리"(공적비가 세워져 있는 곳)에 조그마한 동굴이 있었다. 먹을 식량과 이불을 싸들고 거처를 그리로 온 겨다. 가옥들이 불타고 있는 것은 바라보니 세상은 불바다가 되었다. 준비하여온 식량으로 동굴 속에서 10여일은 견디었다. 추위에 굶주리고 마실 식수마저 떨어졌다. 목은 타들어가고 병마에 삶과 죽음의 갈림길에서 생명에 끊은 오래 견디지 못했다. 사방에서 들려오는 총소리 대포소리는 천지를 뒤흔들었다.

눈앞에 주마등처럼 아련히 스쳐가는 과거는 죽음 앞에 떠오를 뿐이었다. 동굴 속에서 추위에 떨다 멀어져 가는 세상일들 희미해져 가고 돌아오지 못하는 마지막 길을 가야했다.

피난길 명헌은 아버지께서는 혹한 속에 조금만 참아라! 하시며 손을 놓지 않으려는 듯 꼭 잡아주셨다. 또다시 아버지 손에 매달려 가다시피 기약 없는 피난길에는 허기진 배를 채우기 위해 구걸을 하며 경북 울진. 평해 등지로 전전하던 피난길 죽을 고생을 다했다.

중공군이 개입하자 맥아더 유엔군 사령관은 미국 트루먼대통령께 중국 동북부에 원자폭탄을 사용하면, 소련은 중국을 지키기 위해 북조선을 포기하게 되고 전쟁을 끝내겠다고 했다. 그러나 트루먼 대통령은 3차 세계대전이 일어날까 두려워 맥아더유엔군 사령관을 해임 시켰다.

쉽게 끝날 수 있었던 전쟁은 미국 트루먼 대통령의 반대로 휴전으로 가게 된다. 중공군과 인민군은 유엔군 B29폭격으로 적진은 초토화 되었다. 적을 격퇴하고 전쟁은 또다시 유엔군과 국군은 북진하여 피난민들은 드디어 고향으로 돌아왔다.

살던 집은 너나 할 것 없이 잿더미로 주저 않아 남은 것은 주춧돌뿐이었다. 국군들이 후퇴하면서 인민군 은신처가 되는 집들을 없애 갰다는 생각으로 육군참모총장 지시에 따라 그렇게 방화했었다.

인민군도 후퇴 할 때 그 들 역시 남아 있는 가옥과. 학교. 공공건물들을 방화로 불태워 삶에 터전은 쑥대밭이 되었다. 남은 건물은 비행기폭격과 대포에 맞아 파괴 되어 잿더미로 마을은 변해있었다.

다시 생활의 터전을 만들기 위해 아버지와 함께 명헌은 나무를 배어다. 초가집을 지어놓고 풀뿌리 나물죽으로 초근목피(草根木皮)로 연명했다.

암울한 그 시절 쌀밥 한 그릇 먹으면 죽어도 여한이 없을 것 같았다.

어른들은 가족들을 먹여 살리기 위해 갖은 고생을 다했다.

학교는 불타고 없는 자리에 어른들은 십시일반(十匙一飯)으로 한푼 두푼 모아 학교를 짓는데 보태었다. 돈이 없는 사람들은 목재가 될 만한 나무를 가져와 학교를 짓고 지붕은 볏짚으로 만든 초가이영으로 덮어 비를 겨우 피할 수 있는 배움의 터전을 만들었다. 책상은 각자 만들어 학교까지 들고 다니며 전쟁 중에도 그렇게 공부를 했다.

15 명덕 제1훈련소 병영생활

수복이 되자 명덕은 전쟁 중에 '징집영장이' 나와 제1훈련소에 입소하게 되었다. 전쟁 중이라 훈련소는 제주도 서귀포에 있어 영장 나오면 징집된 젊은이 들은 단체로 군 단위나 시단위로 인솔하여 목호까지 가서 호송병에게 인계되었다.

열차로 부산항에도착면 "LST수송함을" 타고 바다를 건너 제주도 제1훈련소에 입소하여 훈련을 받았다.

전쟁 중에 만든 시설은 내무반이 지금 같으면 돼지우리 같은 곳에서 잠을 잤다. 식사는 소금국에 반합 뚜껑에 주는 밥은 허기진 배를 채우기에 너무 작았다. 화장실은 칸막이 없는 구틀 이에 줄줄이 쪼그리고 앉아 대변을 보고 똥냄새 악취를 희석시키기 위해 '화랑담배를' 너나없이 피워댔다.

이동주보 여자들은 빵이나 과자류 등을 들고 다니며 팔았다. 빵이나 과자사시우, 남자들이 궁둥이를 드러내 놓고 있는데도 사라고 권했다.

굶주린 배를 채우기 위해 돈이 있는 훈련병은 쪼그리고 앉아 사먹었다. 총 쏘는 법만 익히고 전선에 투입되는 병사들은 곧바로 최전방 전투부대에 배속되었다.

명덕이 배속된 부대는 "8사단 보병사단"으로 "국방경비대시절에" 창설된 부대였다. 강릉교동에서 한국전쟁 1년 전 초대 '이영근' 준장이 사단장으로 1949년6월 21일 창설했다. 군 장비 피복 등은 보잘것없는 오합지졸에 불과 했다. 준비된 군을 창설해야 하지만 그때의 제정은 역약할 뿐 대책 없는 경제 불황에 "속수무책" 이었다.

1950년 6월까지 강릉북부권인 10연대 5중대가 3.8선 경개 근무했다. 남쪽으로 삼척은 21연대가 있었다. 동해안 최전방부대 경계임무를 수행하면서 태백산지구 공비토벌 작전에 참가 했다.

6.25 전쟁이 일어나자 강릉 전선에서 북괴군5사단과 제776및 제549유격연대를 상대로 열세한 병력으로 전투를 했다. 그러러 소련제 탱크를 앞세우고 밀려오는 적군과 전투는 미약한 병력과 무기는 방어하기에 역부족이었다. 전투다운 전쟁을 하여보지도 못하고 패전을 거듭 하면서 후퇴를 계속했다. 낙동강 방어선 영천지구 전투에서 북괴군 제15사단 및 73,103독립연대와 10여 일간의 격전 밤낮을 가리지 않고 '조국을 위해 죽음으로' 적을 괴멸시키었다. 그러나 많은 장병들은 전사하고 부상을 당하여 상혼에 아픔으로 남아 있다.

"유엔군참전에" 대반격전으로 백선선 지구전투에서 지형능선 수로고지 탈환작전에 "백전불굴의" 위험을 떨치기도 했다. 명덕은 전투를 처음 겪어보기에 M1 소총으로 적을 향해 소대장의 지시에 따라 적진에 수없이 쏘아댔다.

휴전직전이라 탈환작전에 낮이면 고지를 탈환하고 밤이면 적군에게 내주는 뺏고 뺏기는 "일진일퇴" 공방전을 벌이었다. 그렇게 필사의 전투는 밤낮을 가리지 않고 계속되었다.

수목이 울창하고 푸른 산은 비행기폭격과 105미리곡사포에 풀 한포기 없는 산으로 변했고 흙문 지는 발목이 묻히었다. 밀려오는 적군을 사살하는 M1소총 사격은 계속되었다. 총열은 열을 받아 벌겋게 되어 총대서 연기가 펄펄 낳다. 급하게 시키기 위해 총신에 소변을 보아 시켰다. 그리고 사격을 했다. 전우들은 적의총탄에 쓰러져 갔다. 그렇게 생사를 넘나드는 전쟁은 비참 했다. 그러나 전쟁은 휴전 협상을 하고 있었다. 그러나 전국에서 국민들은 휴전반대 집회를 하였다. 전우들이 죽어가는 전쟁에 지친 군인들은 야속野俗 했다.

휴전하루 전인 7월26 장대비가 주룩주룩 내린 화천 북방전선에는 여전히 대포 소리 총소리는 끊이질 않았다. 화천발전소를 두고 인민군과 중공군은 이를 저지하려는 국군과 유엔군이 치열한 전투를 벌였다. 유엔군과 중공군 소련은 지치기는 마찬가지였다.

휴전협정이 발효되기 직전에 한 치의 땅을 더 차지하기 위한 혈전은 처절했다. 양쪽은 총탄과 포탄을 있는 대로 쏟아 부었다. "삶과 죽음은" 생지옥 같은 전선에 남은 것은 적군과 아군의 너부러진 시채만 이리저리 뒹굴고 산을 만들었다.

시신들 속에 엎드려 총을 쏟고 적에게 밀리면 시신들 틈에 끼어 죽은 뜻이 숨어 있다 살아남기도 했다. 휴전 회담을 하고 있는 때라 한 치의 땅도 더 많이 뺏으려는 죽고 죽이는 전쟁은 한 치의 앞날을 가늠하기 힘들었다. 전쟁에 지친 군인들은 휴전이 되기를 간절히 기다렸다.

비참한 "동족상잔은" 1953년 7월 27일 0시 뜨거웠던 전선은 거짓말처럼 고요해졌다. 참으로 기이한 일이었다. '휴전협정이 발효됐기' 때문이었다. 그토록 오래 동안 하루 종일 총을 쏘던 관성에 못 이겨 실수로 한 발이라도 쏠 수 있었는데 그마져도 없었다.

휴전 협정으로 전쟁은 막을 내리고 휴전 첫날 명덕은 금성 천으로 전쟁에 찌든 몸을 씻으려고 가고 있었다. 혹시라도 적의 총탄이 날려 오지나 안나 두리번거리며 전우들과 함께 갔다. 아군과 적군 양쪽의 군인들이 삼복더위에 목숨을 걸고 전투를 했던 병사들이 무기를 내려놓고 목욕을 하고 전쟁의 때를 씻고 있었다.

미군들은 강가에 천막을 쳐놓고 음식을 차려놓고 살아남은 자들의 잔

치였다. 모두 목욕을 하고 벌거숭이로 맘껏 물장구를 치고 휴전에 대한 즐거움이다. 방금 전까지 목숨을 걸고 싸웠다는 것이 믿기지 않았다.

그러나 죽은 시신은 오래되어 신원 확인도 할 수 없었다. 목에 걸려있는 군번을 떼어 잎에 물려 시원을 확인해놓았다. 화장터가 없기에 한곳에 모아 나무를 싸놓고 그 위에 시신을 즐비하게 눕혀 놓고 나무를 덮어 기름을 뿌리고 화장을 했다. 육신은 타고 유골만남아 재를 만들기 위하여 절구대신 철모에 담아 돌멩이나 나무토막으로 절구 공이를 만들어 절구질하여 가루를 만들었다. 재가 된 "유골은" 나무상자에 담아 고향 부모님의 곁으로 그렇게 보내었다.

일부는 적군에 포로가 되어 모진고문과 노역으로 앙상하게 뼈만 남아 있는데 가죽을 씌워 사람이지 죽은 송장과 다를 바가 없었다. 포로 교환 때 그렇게 가족 품으로 돌아왔지만 영원히 생사를 모르는 행불로 처리된 장병들도 있다. 끝내 돌아오지 못하고 지금까지 전쟁이 쓸고 간 "이산의 아픔으로" 남아있다.

죽고 사는 것은 끝이 낳으나 아직 전쟁은 끝나지 않고 휴전 협정으로 쉬고 있을 뿐 그때의 젊은 청춘들은 "사상과 이념의" 제물이 되었다. 그들의 영혼은 누가 달래주고 보상하여 준단 말인가?

휴전이 되고 1964년8월 경기도 포천으로 8사단 사령부는 이전하고 처음창설 했던 강릉교동에는 "보병 제8사단 전적비만" 건립되어 남아있다. 전사한 넋을 위로하고 있을 뿐 반세기 지난 그때의 참상을 기억하는 사람은 고령이 되고 젊은 세대들은 알지 못하고 비바람만 스쳐가고 있다.

16 후생사업

　전쟁은 끝이 나고 군인들은 후생사업이라는 일종의 돈벌이에 나섰다. 군 장비 제무시(GMC)사륜구동 트럭 한 대를 명덕은 부대장의 지시에 따라 경북문경에 후생사업을 갔다. 산악지대 험지에서 목제나 땔감을 만들어 팔아 돈은 상부에 올려 보냈다.

　전쟁에 잿더미만 남은 곳에 집을 짓는 목재 땔감으로 불티나게 팔리고 있기에 군인들은 돈벌이하고 있었다. 푸른 산천 나무는 목재와 땔감 참나무는 숯을 만들어 팔았다. 전쟁에 폐허가 된 도시는 살에 터전을 다시재건 하고 움막처럼 집을 짓고 그렇게 만들어갔다. 그러나 산은 벌 거숭이가 되어 갔다. "전쟁이 할퀴고 간" 자리 사회지도층과 국방을 지켜야할 군인까지 돈벌이에 혈안이 되어있었다.

　명덕은 군에 만기 전역하여 그곳에서 결혼도 하고 경상북도문경에서 새로운 삶에 터전으로 둥지를 틀었다. 그 시절 땔감은 나무에 의존했다. "석탄광산이" 개발되면서 석탄을 찍어 19공탄을 만들어 사용하게 되어 "연료 대체용"으로 각광脚光을 받을 때다.

　일제 치하에 개발한 '봉명광업소'는 일본이 폐망하고 "이XX씨가" 다시 개발하여 수백만 톤 탄이 매장되어 있었다.

　문경에는 봉명광업소. 가은광업소. 장성광업소. 대성탄좌 등. 중소광업소들이 채굴 하여 놓은 석탄은 문경군마성면 불정역까지 운송은 트럭으로 했다. 전쟁에 쓰고 군에서 불하된 제무시와 일본산도요다 트럭으

로 탄을 운반했다. 명덕이도 중고트럭을 구입하여 돈벌이했다. 광산지대
는 검은 흙 진주 같은 석탄은, 땅굴에서 체굴 하여 기차역에 산더미처럼
쌓아놓았다. 월동기면 불티나게 기차 에 싫어 연탄공장으로 팔려갔다.
명덕은 생활이 윤택해졌지만 어린 시절 가장 기억에 남는 것은, 아버지
와 함께 먹을 것이 없어 물로 배를 채우며 생사를 넘나들던 피난길이다.
전쟁은 쑥대밭으로 만든 자리 가난과 고난의 삶음을 살아다.

자식들 살리기 위해 갖은 고생을 다하신 아버지께 효도 하지 못한 불
초를 이제야 어떻게 씻을 수 있을는지, 명덕이 나이가 아버지 나이가 되
어서 생각하니 난감할 따름이었다.

학비도 충당하기 어려운 시골 형편 명헌은 형님에게 공부를 할 수 있
게 해달라고 간청했다.

동생 내가 학비를 대주겠네!

그렇게 하여 고등학교를 졸업하고 H대학 광산과를 선택했다. 그 시절
은 광산경기가 좋을 때였다. 그러나 유학은 경제적으로 힘들어 고학을
해야 했다.

뚝섬 자취방을 구했다. 강의시간 업는 날에는 뚝섬 경마장에서 일용
직 마구간 청소하는 일을 했다.

동이 트면 기수 말 훈련시키는 모래밭 주로를 힘차게 새벽 공기를 가
르며 달리는 말 발급소리 타다닥거리었다. 한쪽은 승마공원에 말 타는
승마인들 그렇게 멋있게 보였다. 나도 언잰가는 사회에 진출하면 승마
를 즐겨 보리라 생각했다.

처음 보는 말은 크고 눈이 부리부리 하게 번쩍이고 코를 벌렁거리며
푸르륵 거리는 소리만 들어도 움찔거리며 무서웠다. 먹이를 주고 목을
손바닥으로 다독 그려 주면 아주 좋아 했다. 알고 보니 말은 착하고 귀
여운 동물이었다. 그렇게 말과 친해지고 즐겁게 일을 했다.

학교마다 각처에서 반정부 시위가 일어나고 있었다. 명헌은 운동권 학생들 집회 참석하자는 권유를 받고 딸아 갔다. "이승만정권의" 부패 되어 가는 현실을 보고하는 자리였다.

학생회장이 연단에 올라 부패되어가는 자유당 정권에 대하여 하나하나 보고한다며 목청을 높여 연설을 했다. 참석한 사람들은 박수를 쳤다.

전쟁은 휴전이 되어 백성들은 허리 끝을 졸라매고 삶에 터전을 만들어 가는데 정치는 부패되어 가고 있다.

자유당정권은 장기집권을 계획하고 이정재는 동대문 상인연합회 회장이 되어 취임식을 성대하게 했다.

그 자리에는 경무대를 대신하여 곽영주 경무관 서울지검장 등과 임화수가 연예인 배우 가수들을 불러 노래와 춤을 즐기었다.

서울의 주먹 오야붕(두목)들을 불러놓고 그렇게 폭력 집단세력을 확장하고 과시를 했다. 백성들은 먹을 것이 없어 나물죽으로 끼니를 때우고 있는데 호화판으로 폭력 집단을 과시하고 있다. 그 소리를 듣고 모두 박수를 치며 자유당정권을 타도하자고 외쳤다. 그 집회가 "4.19의 시발점이" 되어가고 있었다.

17 자유당 정권의 말로

부패한 자유당정권은 권력에 눈이 멀어 있었다. 이기봉은 국회 의장되어 장기집권을 하기위해 개헌을 국회 발위 하였으나 제적위원 과반수 1명이모자라 부결되었다. 침통한 마음에 사로 잡혀 있을 때 서울 S대학 교수가 차드를 만들어 찾아왔다. "아둔한" 이기봉께 차드를 펴놓고 "사사오입으로 부결이 아니고 가결이라고 했다".

그래요 그것도 모르고 고심만 했습니다. 앞으로 자유당이 잘되면 교수님에게 한자리 만들어 드리겠습니다.

교수는 앞으로 잘 부탁드립니다. 인사를 하고 갔다.

자유당 국회의원들은 이기봉 의장 설명을 듣고 이틀 뒤에 국회를 소집하여 의장대신 부의장을 시켜 우리가 "국회의원들이" 모르고 있는 것을 발표하겠습니다.

야당국회의원들은 무슨 발표냐고 빨리 말하라고 재촉했다.

야당의원들의 반대를 막기 위하여 이기봉은 이정재에게 전화를 걸어서 이정재 회장 "국회의사당에" 부하들을 대리고 와서 도와주시오.

알았습니다.

부하들을 급히 소집했다. 다들 모였나, '국회 의사당'으로 갈걷이다.

김 고문은, 회장님 가시지 마십시오, 가면 안 됩니다.

이정재는 김 고문 무슨 말이요,

우리는 직권당인 자유당과 손을 잡고 모든 것을 목숨 까지 바치기로

하였소! 김 고문이 그렇게 하라고 했는데 왜 반대하는 거요,

저의 청을 받아주시오 가면 절대 안 됩니다. 정당한 의리가 피로할 때는 가야하지만 정당하지 못한 곳에 가면 안 됩니다. 이해가 달라졌을 때는 '가깝지도 멀리하지도' 말아야 합니다.

이제는 너무 깊어졌어요! "이승만"각하 계시는데 무슨 걱정이요.

아니요 80고령인대

이기붕이 있지 않소.

"영원한 권력은" 없습니다.

이정재 회장은 김 고문 떠나시던지 내 뜻을 따르시든지 둘 중에 하나를 택하시오 하고 국회로 부하들을 데리고 가면서 말했다. 김 고문은 똑똑한 사람이다.

그동안의 '실타래처럼 얽히고설킨 연민에 정은' 하나의 인간으로 어떻게 하다, 이렇게 역긴 단말인가 저만의 목적을 달성하기 위하여 누구라도 만났다 해여 지는 것이 인간의 필연이다.

김 고문은 떠나가면서 남긴 편지에 배가 가라않고 있는데 배안에 있는 사람은 모르고 있다는 말을 남겼다.

"동대문 상인연합회" 이정재 회장과는 처남남매 간이지만 그날부터 다른 길을 가고 후일 그는 미국으로 이민을 떠나가 살았다.

그 시절 김두환은 무소속으로 종로 을에서 "국회의원에 당선 되어" 정치인의 길을 가고 있었다.

장기집권에 혈안이 된 자유당은 국회를 계원 하여놓고 제적의원 참석 1명 모자라는 것은 계산 방법이 잘못 되었소, 사사오입으로 계산하면 성립이 되기에 부결이 아니라 가결이 되었기에 개헌을 '직권상정' 했다.

그렇게 개헌을 엉터리 수법으로 날치기 통과 시켰다.

야당 거물급 국회의원들은 무효라고 소리치는 "장면, 신익희, 조병욱,

유진상 김두환" 등이 있었으나 자유당 '직권상정을' 막지 못했다. 목이 터지게 무효라고 소리만 쳤다.

방청석에 앉아있는 자유당정권 비호를 받는 정치깡패 이정재 패거리들은 찬성이요 박수를 치며 반대하는 놈들은 빨갱이라고 소리쳤다.

"헌정사의 추악한 실정을 보여주었던" 자유당 정권 말로에 길을 걸어가는 시발점이 되었다.

산을 힘들게 오르면 더 이상은 오를 곳이 없기에 내려오기 마련이다. "세상 이치가" 오르면 떨어지게 돼있다.

김동진 오야봉은 공사입찰 이권을 담당하는 동대문 상인연합회 2인자 역할을 했으나 옳지 않는 일에는 개입하지 않자 이정재 부하들은 회장님, 김동진이 배신하고 있습니다.

처리할까요?

아니야 김동진까지 그렇게 할 피로가 없다.

조직을 배신하면 응분의 대가를 받는 것이 조직에 법이다. 김동진 밑에서 일하는

놈들을 잡아오라,

장석재는 부하들과 함께 김동진 부하를 잡아 한사람씩 끼고 끌고 와서 손을 나무토막에 묶어놓고, 도끼로 그들의 손목을 김동진 오야봉 보고 있는 자리에서 자르게 하는 잔인한 짓을 인간 탈을 쓰고 했다.

피를 흘리며 비명을 지르는 광경을 보고 김동진은 이정재에게 반감을 갖게 되고 언젠가는 이정재를 복수한다는 생각 마음속 깊이 새겨두고 있었다.

이정재는 김동진을 불렀다. 김동진 오야봉 야당국회의원 중에서 말이 만은 국회의원들 그대로 두어서는 안 되겠소 기회를 보아 죽여 버리시오.

알았습니다.

김동진의 충성심과 자유당을 위해 테스트하기 위해서였다.

김동진 오야봉은 "전화위복(轉禍爲福)"으로 기회를 삼아 이정재를 재 거할 기회를 만들어 보려고 했다.

다음날 독사를 시켜 신문기자들에게 중대한 발표가 김동진 오야 봉께 서 있으니 동대문 사무실에 오라고 했다.

기자들이 모여들었다. 무슨 중대한 일이 있습니까?...

여러분들 오시라고 해서 죄송합니다.

자유당 이기봉은 의장은 이정재 회장에게 야당 국회의원을 저격하라 는 지시가 있어서 나에게 명령을 내렸소!

누구누구를 죽이라 했습니까!

야당 거물급 정치인들이요. 여러분들은 말을 하지 않아도 알고 있을 것입니다.

그리고 자리를 떠났다.

그 이튿날 조간신문에 대서특필로 기사가 낳다. "자유당정권" 이기봉 의장은 야당국회의원 저격지시 신문에 대문짝처럼 기사가 실렸다. 정치 인들과 세인들은 삼삼오오 모여 정치가 이대로는 안 된 다고 숙덕거리 었다.

이기봉에게 보좌관이 신문을 들고 와서 보여주었다. 보좌관 이정재에 게 전화를 걸어봐, 전화를 걸었다. 의장님전화입니다. 회장님 바꿔 주시 오, 전화 바꿔 씁니다. 이정재 회장 무슨 일을 그렇게 처리하시오, '경무 대와 자유당'은 벌집을 쑤셔 놓은 듯 했다.

이정재는 부하들을 불러 놓고 권총을 장석재에게 주면서 당장 김동진 죽여 버려 실수 없이 해야 된다.

김동진은 은신처에서 부하 독사 등을 대동하고 피신하고 있었다.

이정재는 폭력조직을 개편하여 김 고문 빈자리는 '임화수'에게 '김동진' 자리에 사돈 유지광에게 맡겼다. 이정재는 앞으로는 어떠한 일이 있어도 조직에 배신자가 있어서는 안 되오, 조직 관리를 사돈이 맞아 잘해주시기 바랍니다.

임화수 사장은 김동진 죽일 수 있는 방법을 강구해보아라,

알아 습니다. 회장님 김동진 서부영화를 즐겨 보고 있습니다.

그러면 그 방법을 구상해보도록 하시오.

"단성사에 청제는 용감하다." 서부영화 프로를 신문강고에 크게 실리게 하고 영화 상영을 하게했다.

김동진이 신문에 프로를 보고 독사 극장구경 가자, 집안에 들어 앉아 있으니 답답하다.

형님 위험합니다.

" 괜찮다."

15년후

독사의 본명은 '정병만' 이다. 그는 아버지가 누구인지 모르고 친일파와 함께 살던 어머니의 불윤으로 어려서부터 남의 집 머슴으로 전전했다. 19세가 되어 무작정 서울을 찾아갔다. 갈 곳 없는 그는 동대문 시장골목에서 구걸을 했다. 그러나 수시로 텃세가 심한 동대문 시장골목은 병만이를 그대로 두지 않다.

너 어데서 굴러온 놈이야?

왜 그래 내야 아무 곳에서 왔던지 무슨 상관이야;

촌놈 아니야, 깡패들은 너 혼나볼래 하며 주먹이 턱을 순식간에 때리었다.

병만이는 그대로 쓰러졌다 정신을 차려 일러났다. 두 주먹을 쥐고 너희 죄 없는 사람 이렇게 해도 되는 거야? 그러면 어쩔래. 순간 '병만'이

는 온힘을 다해 그놈의 턱에 주먹을 날렸다. 한방에 그대로 쓰러졌다. 또 다른 놈이 달려드는 것을 때려 눕혔다. 그렇게 싸움판이 벌어지고 있었다.

그때 그곳을 지나가던 김동진 오야 봉이 그 광경을 보았다. 그놈 제법 싸움 잘하고 있구나! 쓸 만 한 놈이야, 야 이놈들 무슨 짓들이야 너는 이리 오너라 '병만'이는

그때 구세주라도 만난 듯 했다. 다른 놈들은 꺼져 너는 나를 딸아 오너라. 뒤를 따라 사무실에 들어갔다.

의자에 앉아라, 너 어디에서 왔느냐?

저는 강원도 울진에서 왔습니다. 그때는 울진은 행정구역이 강원도였다.

그래 오늘부터 우리 사무실에서 청소도 하고 일해 보겠느냐,

예, 하겠습니다.

그래 오늘부터 너 이름은 독사로 부른다. 뜻은 독사처럼 독하게 살라는 말이다.

그날부터 '병만'이는 독사의 이름으로 굳은 일은 도맡아했다. 오야봉은 독사에게 목욕도하고 양복과 구두를 사주시어 차려입고 김동진 오야봉의 수행 경호원이 되었다. 사람 팔자는 순식간에 달라졌다. 그렇게 하여 김동진 오야봉의 그림자 같이 딸아 다녔다.

김동진 오야봉은 기자회견 후 독사와 함께 피신해 있었다. 며칠을 '이정재' 패거리들을 피해 숨어 있으려니 따분했다. 신문을 보고 영화 프로에 '청제는 용감하다'서부영화를 단성사에서 상영하고 있었다.

독사 오늘 영화를 보러 가자, 형님 위험합니다.

괜찮아 눈에 눈 이에는 이로 상대하면 된다. 백주에 총을 쏘지는 못할 것이다. 그들이 총을 쏘면 우리도 쏘면 되지 겁먹지 말고 따라오라,

그러나 임화수가 "덫을 놓고" 기다리는 것은 눈치 채지 못했다.

독사와 함께 단성사 극장으로 갔다.

장석재가, 전화를 걸었다. 회장님 김동진 영화 보러 극장에 왔습니다.

차질 없이 죽여 버려.

알았습니다. 독안에든 죄와 갔습니다.

알았으면 잘 처리해.

김동진은 독사와 함께 영화를 보고 그동안 숨어 지내고 있던 스트레스를 풀고 나오고 있었다.

행동대장, 장석재는 권총을 꺼내들고 총구를 하늘로 올렸다. 내리면서 조준하여 김동진을 향해 방아쇠를 당겼다.

땅땅 두발의 총소리가 나자 김동진이 앗 하고 쓰러졌다.

김동진 총에 맞아 죽었다.

극장 앞은 순식간에 아수라장이 되었다.

행동대장 장석재는 동진이 죽었다.

빨리 피해라 대원들과 함께 도망을 쳤다.

형님 정신 차리시오 독사가 일으켜 세웠다.

일어섰다 다시주저 앉아다.

다리에서 붉은 피가 흐르고 있었다.

옷을 찢어 다리를 휘휘 감았으나 피는 땅바닥에 뚝뚝 떨어지고 있었다. 병원으로 독사가 없고 뛰어다. 가쁜 숨을 몰아쉬며 병원으로 달려갔다.

병원 응급실 침대위에 눕혔다. 얼굴이 창백했다.

간호사 의사선생님 빨리 불러오시오, 급한 환자요 총에 맞았소!

간호사는 후들후들 떨면서 쫓아가 원장님 급한 환자입니다.

원장과 의사가 상처를 살피며 소독하고 치료하면서 다행히 총알이 다리를 관통했으나 뼈는 비켜 갔소! 2시간이 넘게 수술을 하고나서 수술은 잘되었소!

"천만다행(千萬多幸)"으로 생명은 구했다.

"천지신명(天地神明)이 김동진"을 살려다. 독사는, 원장님 절대 밖에 소문이 나지 않게 하여주십시오.

알겠소.

이정재 부하들을 피해 병원에 숨어 1개월이 넘도록 치료하고 병원을 떠나 관악산 촌가에 은거했다. 회복하기 위하여 재활치료는 산을 오르고 내리는 운동을 했다.

"자유당정권"은 정치폭력배들이 설치고 민심은 이반되어가고 나라와 국민은 도탄에 빠져 갔다.

"권불십년(權不十年)이라했다." 권세는 영원할 수는 없는 법이다. 사람은 옳은 일보다 그른 된 일이 더 많다. 적게는 자기와 집안을 망치고 크게는 나라를 망친다.

한국헌정사상 국회의원들이 처음으로 장외투쟁으로 나선 것은 3대국회 때인 1956년 7월27일이었다. 당시 "집권당"執權黨 자유당은 그해5월 부통령 선거에 2인자 이기봉은 민주당 장면 후보에게 패배를 했다.

염치없는 행위자들은 정의롭지 못하여 "명문지화를" 당하게 된다.

제2회 전국 시도읍면장과 의원선거에서 압승으로 만해하려고 이들이 짜낸 계략은 야당후보들의 출마를 방해하기로 했다.

야당 후보들이 내무부산하의 선거관리위원회에 후보등록 신청서를 내면 서류미비라고 생트집을 잡고 돌려보내거나, 여러 지역에서 담당자가 아예 자리를 비워 등록을 못하게 했다.

등록마감일이 가까워오면서 야당후보들은 발을 동동 굴렀고 민주당은 정부에 강력히 항의 했으나 자유당의 압력으로 시정되지 않았다.

이에 참다못한 민주당과 야당 무소속 의원 62명은 거리투쟁에 나섰다. 이들이 서울시청 부군에 이르자, 대기 중인 "이익흥내무부장관과. 김종원 치안국장의. 지휘로 기마경찰 정사복 경찰들이, 강압적으로 저지하고 완력으로 끌어냈다.

　결국 야당의원들은 의사당 앞으로 돌아와 만세 3창을 한 후에 해산했다.

　'권세와 탐욕'으로 정치인들은 부귀영화를 위하여 정치권력 싸움에 혈안이 되어 난장판 국회의사당에 폭력이 난무한 시대는 몰락을 자초했다.

18 명헌이는 서울에 있는 대학을 진학 했다.

서울로 진학하기 전에 동구 밖 느티나무아래 나무로 만든 의자 아래서 앉아 기다리는 여자아이는 명헌이보다 한 살 작았다. 나와함께 초등학교와 중학교 남녀공학을 하였다. 책가방도 들어다주고 오빠라고 부르며 나를 잘 따르는 철부지였다. 여고 진학을 하고부터 성숙해지고 동구밖 느티나무 아래 의자에 앉아 나를 오빠라고 기다렸다.

여고를 진학 하고부터는 제법 젖가슴이 꽃봉오리 같이 뾰족이 튀어나오고 숙녀 티가 나고 있었다. 나는 웬일인지 만나면 가슴이 콩닥 콩닥 뛰었다. 아마 그때부터 사춘기를 넘어 성년으로 넘어 가는 길목에 있었는가! 생각 된다.

그 후부터는 사랑이 싹트고 있었다. 처음 떨리는 손으로 끌어앉고 첫 키스를 했다. 그녀는 내 목을 끌어앉고 입을 마쳐주고 오빠는 나만 사랑해야 돼, 우리는 그렇게 사랑을 서로 고백했다. 너만은 나의 인생 동반자가 되어 영원히 사랑하고 변하지 말자고 손가락을 걸고 약속했다.

둥근 보름달이 떠오르면 느티나무아래 의자에 앉아 기다리고 만나 뒷동산 오솔길을 손잡고 걸어가 잔디밭에 오빠하며 나의 손을 끓어다 팔베개를 베고 누었다. 하늘에서 별빛이 쏟아지는 별을 쳐다보며 저별은 오빠별 저별은 나의 별이라고 조잘대며 사랑을 했다. 나는 고등학교를 졸업하고 서울로 진학하게 되었다. 학기를 마치고 방학을 하고 집에 오면 부모님께 인사드리고 밥이면 느티나무아래서 만나곤 했다. 그녀는 대학을 진학 하지 않고 집에 가사 일을 돕고 있었기에 우리는 그동안 그리움의 회포를 마음껏 풀었다. 서울 학교로 돌아가면 머릿속에는 공부보다 그녀모습이 떠올랐다.

자유당정권 1960년 3,15부정선거로 마산상고 김주열 학생을 비롯한 12명이 시위를 하다 진압하는 경찰에 의해 사망하고 그로인하여 그 불길이 전국으로 결련한 시위가 분출 되어 4,19가 일어났다.

동료 학생들과 함께 태극기를 접어 머리에 메고 집해 참가했다. 학교마다 학생들이 규탄대회를 하러갔다. 3.15부정선거 자유당 독제정권 이승만 대통령 물러나라고 스크럼을 짜고 물밀듯이 경무대로 갔다.

경무대 경비경찰은 공포탄을 쏘면서 막으려 했으나 수만 명의 학생들은 독제정권 물러가라는 시위가 갈수록 격렬했다. 경무대 경비대장인 곽영주 경무관은 시위대에 발포하라는 명령을 경찰에 내려 경무대 담장 안에서 사격을 했다. 시위 학생들은 몸으로 맞서 총탄에 학생들이 쓰러져가고 목숨을 잃고 부상을 당했다. 총탄이 비 오듯이 쏟아져 나와함께 시위에 참가했던 현수는 더 이상은 안 돼 내손을 끌어당기고 빨리 엎드리라고 했다. 그리고 '가재가'기어가듯이 정신없이 얼마를 기어 왔는지 총소리 고함소리가 멀리서 들려왔다. 서로 총에 맞지 않아 쓸까 하며 흙과 먼지를 털어주며 살펴보았다. 천만 다행으로 다친대는 없었다. 손을 마주잡고 하숙집으로 뛰어왔다. 숨이 차서 방문을 열고 친구와 함께 신발을 시은채로 벌렁 뉘어 헐떡거리며 한참동안 우리는 말이 없었다.

마음이 안정되고 나서 학생들이 많이 죽고 부상을 당해 쓸 터인데 앞으로 어떻게 하면 좋을까 생각을 했다. 이대로 있으면 경찰이 잡으러 올 터이니 우리 휴학을 하고 당분간 고향으로 내려가 있는 것이 좋을 것 같다. 세월이 조용해지면 다시 만나기로 하고 시골집으로 내려 왔다.

집에서 농사일도 돕고 옛날 친구들과 어울려 농촌의 풍광에 즐기고 있었다. 그러나 학생 대모에 가담했다하여 징집영장이 나왔다. 군 입대한다는 것을 알고부터 우리는 매일 밤 만났다. 이제는 완전한 숙녀가 되어 있었다. 오빠 군대 가서 나를 잊지말아야해 오빠만 사랑할거야, 걱정안 해도 돼 너만 변하지 말고 기다려주면 되는 거야 나는 너를 끝까지 사랑 할 것이다. 우리는 사진관을 찾아 갔다. 그녀는 의자에 앉아있고 나는 옆에 서서 사진을 찍고 헤어지기 아쉬워 하룻밤을 함께 지새웠다. 군에 입대하는 날 차를 타고 가는데 그녀는 눈물 닦는 손수건으로 보이지 않을 때 까지 흔들었다. 논산 제2훈련소에 입소했다. 1962년 5월17일 군번을 받고 훈련을 하고 있을 때다. 그런데 전날 5.16군사 혁명이 일어났다.

훈련 감독관은 철모에 흰줄을 두르고 팔뚝에 흰 완장을 차고 훈련감시를 수시로 했다. 며칠 전만 해도 훈련병들이 돈을 거둬 조교에게 건네주면 훈련은 하지 않고 쉬고 적당히 끝냈다고 했다. 그러나 군사혁명이 일어난 후 부터는 원리 원칙대로 훈련을 받았다.

군량미는 우전에서 떼여먹고 배가 곱아 짬뽕 통에 손을 넣고 밥찌꺼기를 건저 먹고 허기를 달래기도 했다고 하였다. 군사혁명 후에는 흰쌀밥과 꽁치고기에 밥은 배불리 먹었다. 그러나 따가운 햇볕에 훈련을 받기는 힘들었다. 그렇게 6주 훈련을 끝마치고 부산 동래 병기학교 병기에 대한 교육을 4주를 받으러 갔다.

이등병 계급장을 달고 병기학교 학습은 총포에 대한 정비 이론이었다. 4주간 교육이 끝나고 내무반에 들어오면 저녁은 자율하습을 했다. 9시가 되면 소등을 하고 취침을 하는데 잠을 잘 수가 없었다. 마룻바닥 틈새에서 기어 나오는 빈대는 온몸 피를 빨아 먹었다. 가렵고 잠을 잘 수가 없어 전등을 켜면 마르바닥틈새로 수십 마리가 떼를 지어 들어갔다. 온몸은 글 거서 울긋불긋 손톱자극 생겼다. 그래도 일요일이면 10원을 들고 외출증을 끌어 전차를 타고 서면까지 왔다. 극장에 영화 한편을 보고 서면시장 뒷골목 싸구려 정심을 사먹고 학교에 귀대했다. 그때는 10원의 가치가 지금 만 원 정도가치가 있었다. 그때 화패 교환이 되었기 때문이다.

병기학교를 졸업하고 완행열차를 타고 밤낮 이틀을 북쪽으로 가서 춘천역에 내리었다. 즐비하게 서있는 트럭에 호송병이 기다리고 있다 태우고 간곳이 화천 사창리 15사단 병기중대에 배속 되었다. 밤이면 대남방송소리가 들리고 밤이면 초병근무 때는 머리카락이 하늘에서 당기는 기분이었다.

낮이면 사역병 차출은 졸병 목이었다. 트럭을 타고 산속에 들어가 억새풀을 베어놓고 쉬면 가을 끝자락 양지쪽에 풀단에 기대누어 고향 그리움 부모님 형제 벗들이 그리웠다. 억새풀은 부대 언덕양지쪽에 말리여 토담집 내무반 지붕 물이 스며들지 않게 이영을 만들어 덮었다.

병영생활 낮은 그렇게 보내고 밤은 내무반 청소에 일석조모 준비 선임자의 비유 맞추고 뒤치다꺼리만 해주었다. 그렇게 6개월이 흘러갔다. 일등병 진급되어 선임 병들이 진급신고를 하라고했다. 내무반 침상 양쪽으로 병사들이 앉아 있고 내무반장은 복도에 서있었다. 거수경례를 하고 명헌은 이등병에서 일등병으로 진급되었기에 신고합니다. 모두축하에 박수를 쳤다. 부대 매점에서 축하파티는 막걸리 안주에 건빵을 먹으며 즐겼다. 화랑담배 연기 속에 사라전간 전우야 군가를 불으며 병영생활을 익혀갔다.

태권도 교육대 태권도수련 병 차출이 있었다. 교육 밭을 병사는 나오라고 했다. 명헌은 학교 다닐 때 익혀 두었던 태권도 실력을 이런 기회에 써먹어야 된다고 생각했다.

손을 들고 앞으로 나갔다. 초보자와 배운 사람 불리했다. 배운 사람은 명헌이 혼자였다. 정일병은 얼마나 태권도를 했는가! 2단입니다. 그러면 내무반에 가서 본인 피복 장구 모두를 가주고 오라고 했다.

간물 함에 장구를 챙겨 왔다. 인솔 장교는 트럭에 타라고 했다. 승차를 모두하자 트럭은 붕붕거리며 출발했다. 비포장도로를 털거덕거리며 산길을 굽이굽이 돌아 사단 태권도 교육대 도착했다. 각 부대서 태권도를 배우려고 차출되어 모인 병사는 좋게는 100여명 되었다.

초급자 유급자 유단자를 불리했다. 2단은 명헌이 혼자였다. 정일 병은 오늘부터 태권도 사법으로 이곳에서 수련을 시키는데 최선을 다하기 바란다. 중위 계급장을 달은 장교의 지시다. 중위는 태권도 2단이었다. 이곳 교육대에서는 도복을 입으면 계급장은 도복 허리에 메고 있는 띠의 색깔이 계급장이다. 백 띠는 초보자. 자 띠는 사급이상 초단이상은 검은 띠다.

병영생활은 태권도를 가르치고 명헌이도 열심히 태권도를 익혔다. 그렇게 하여 1년6개월이 되어 명헌이도 승단심사를 보고 3단 으로 승단되었다.

고향으로 돌아온 명헌은 그녀와 1년 동안 편지를 서로 사랑하노라고 보내고 답장을 받았다. 1년에 한번 있는 휴가는 그리운 고향 산천 그녀를 만나게 되는 그리움에 설래 이는 마음으로 고향에 왔다. 부모님께 인사드리고 철부지였던 그녀는 완전한 숙여 되어 느티나무 아래서 만나 함께 오솔길을 걸어갔다. 잔디밭에 앉아 그 밤을 행복하게 끓어않고 잔디밭에 신방을 차렸다.

오빠 이제는 우리 결혼을 해야지,

부모님께 허락을 받아야 되지,

내일 저녁 느티나무 아래서 오빠 만나서 우리 부모님께 인사드리고 허락을 받으면 되지요,

그렇게 해도 괜찮겠어!

괜찮아 함께 가서 허락을 받으면 되지 오빠는 괜한 걱정을 하고 있어,

내일 함께 만나서 인사드리기로 약속을 했다. 우리는 자신 있게 그녀의 집을 찾아 갔다. 명헌은 그녀의 되를 따라 불안한 마음으로 문밖에 서있었다.

오빠 빨리 들어와 손을 끌어당기어 방에 들어갔다. 양부님께 큰절을 올리고 무릎을 꿇고 앉아 있었다.

그녀는 아버지 저가 좋아하는 오빠인데 저이들 결혼 허락하여 주서요, 결혼도 중하지만 아직 일등병 군인에게 결혼 하면 생활대책이 없다. 결혼은 당치안타 한마디로 거절을 하시었다. 그녀와 명헌이는 생각지도 못했던 반대에 부딪쳤다. 아버지 저이들 결혼은 오빠 제대 하면 결혼 할 겁니다. 그래도 지금으로는 결혼 승낙은 안 된다. 완강하게 거절했다.

죄송합니다. 더 이상 할 말이 없기에 밖으로 나왔다.

그녀는 명헌을 따라 왔다.

손을 잡고 부모가 반대하여도 우리 두 사람 변하지 않으면 함께 어떠한 고난이 닥친다 해도 오빠와 평생을 함께 살을 거야,

그래 나도 너를 영원히 사랑 할 것이다.

함께 오솔길을 따라 산등 선이에 있는 잔디밭으로 갔다. 명헌이는 그녀와 함께 앉아 앞으로 어떻게 하면 될까 하는 생각으로 서로 지혜(智慧) 생각했다.

오빠 좋은 생각이 있어, 나를 서울까지 데려다주면 돼,

서울 가서 어떻게 하려고. 이모가 서울에 있어요, 오빠 제대하고 올 때까지 서울에서 직장에 다니며 기다리고 있겠어요,

휴가 끝나고 부대 귀대 할 때 함께 서울 까지 가기로 약속했다. 사랑에 갈망하는 청춘의 반란이라고 생각된다.

휴가 귀대일 아침 강릉역에서 만나기로 약속했다.

그녀는 조그마한 보따리를 들고 역전 대합실에서 기다리고 있었다.

오빠 여기에 있어, 설레는 마음으로 손을 잡고 서울 청량리 가는 열차를 타고 좌석에 앉았다. 열차는 기적을 울리면서 출발을 했다.

동해바다를 따라 영주 쪽으로 달려가는 열차는 자연의 풍광 속으로 빠져들고 있었다. 앞으로 닥쳐올 생각 때문에 서로 말이 없다. 동해바다를 안고 가던 열차를 방향 틀어 계곡을 따라 산악 지를 거슬러 가고 있었다. 도계역에서 내려 통리 재를 명헌은 그녀의 손을 잡고 걸어 올라갔다. 힘들지? 괜찮아요, 여기는 곳 '스위치백이' 생기면 이렇게 걸지 않아도 열차가 오르내릴 수 있게 공사를 하고 있다. 그때만 하여도 철도 산업이 교통에는 중추적 역할을 하고 있을 때다.

오빠 여기가 영주이지 명헌이는 다른 생각을 하고 있었다. 오빠 왜 그래?

명헌은 머라고 했는데?

여기가 어디냐고 물었는데,

그랬어. 영주에 왔다. 여기에 내려야지 그때는 중앙선은 부산에서 서울 가는 열차를 갈아타야 했다. 부대 귀대 할 날을 며칠 앞당겨 왔기에 영주에서 하루를 보내기로 했다. 그러나 명헌이는 앞길을 어떻게 해쳐 나가야 할지 가늠하기가 힘들었다.

흡을 빠져나와 여관에 방을 하나 정하고 함께 앞날 생각 보다, 보모님의 반대에 발란을 하고 있는 것이다.

영주에서 하루 종일 문밖에도 나가지 않고 방구석에 처박혀 식사도 시켜먹고 사랑이란 것 때문에 헤어질 수 없다는 진념으로 여기까지 왔다.

아침이 되어 서울 가는 열차를 타고 영주를 뒤로하고 기적을 울리며 철마는 달려가고 있었다. 완행열차는 역마나 거쳐 가는 곳마다 승객들은 타고 내리는 소란을 떨고 있다.

오빠 서울은 시간이나 얼마나 걸리나요,

"지루해서 그러니"

오빠 하고는 명헌의 어깨에 기대여 눈을 감고 아무 말 없이 눈을 감고 몽상에 잠겼다. 완행열차는 털거덕 거리며 청량리역에 도착했다. 버스를 타고 이모 집을 찾아갔다.

그녀의 이모는 명헌이와 함께 온 것을 보고 깜짝 놀라는 표정이었다. 웬일로 소식도 없이 서울에 왔지?

이모 사정이 있어서 왔어요,

명헌은 이재 부대로 간다. 부디 건강하게 제대 할 때까지 무탈하기 바란다.

오빠 건강하게 군 복무 마치고 제대 하고 돌아오면 우리 행복하게 살 수 있어 기다리고 있을 거야, 눈물을 흘리는 그녀를 두고 무거운 거름으로 돌아섰다.

버스를 타고 강원도 춘천까지 와서 화천 사창리 부대까지는 비포장도로 털거덕 거리는 버스는 내 몸을 이리저리 흔들었다. 그렇게 하루 종일 차에 시달리고 괴로운 마음으로 부대에 귀대했다.

세월은 빠르게 흘러 제대를 하게 되었다. 그러나 그녀와 그렇게 헤어지고 다시 소식이 없었다. 명헌은 고향에 돌아왔다. 그녀는 먼 추억의 사람으로 떠났다.

남은 학업을 마치기 위해 복학을 했다.

등록금 때문에 학업만 열중하기에는 가정형편이 여의치 못해 교수님께 말씀드리고 아르바이트도 했다. 시간을 쪼개 강의를 듣고 학점을 받았다. 그렇게 대학을 졸업하였다.

19 | 광산 취업

　취업 처음 한곳은 경북 문경에 있는 B광업소다. 직장생활은 광산과를 전공하였기에 항내 채굴하는 현장 감독이었다. 건양기와이어 줄에 매단 탄차를 타고 지하 1000m 내려가면 갱내 40도를 오르내리었다. 채굴은 광부나 감독은 천장을 하늘처럼 쓰고 일을 했다.

　채굴현장 칠 흙 같은 어둠속에 머리에 쓴 헬멧에 전등을 달고 허리에 배터리를 찬 불빛은 생명의 등불과 같았다. 막장불빛에 반짝이는 흑진주 두더지처럼 땅굴을 파고 들어가 아름다운 보석을 캐듯이 석탄을 캤다. 8시간 채굴작업도 피로하지 않았다.

　작업을 마치고 갱도 박으로 나오면 광부들은 땀과 석탄가루에 아프리카에서 건너온 흑인 같았다. 이빨은 더 하얗고 반짝거리는 눈동자는 하루 일을 무사히 마쳤다는데 대한 안도감과 함께 행복한 표정이 묻어났다.

　목욕탕 탈의실에 작업복을 벗어놓고 검은 몸을 샤워하고 평복으로 갈아입는다. 언제 검둥이였던가 하고 모두들 신사가 되어 주막으로 몰려갔다.

　드럼통 반 잘라 만든 상에 옹기종기 앉아 어린아이 주먹만 하게 잘은 돼지고기를 연탄불에 구어 막걸리와 함께 먹으면, 목안에 붙어있던 연탄가루가 씻겨나가는 기분이다. 60년도 보리 고개 목구멍에 풀칠하기도 힘든 시절이었다. 돼지고기 안주에 막걸리를 마시고 쌀밥을 먹는 산업

전사라고 그래도 자부심이 대단했다.

거리에 석탄을 싫어 나르는 화물차들이 줄 지어 다녔다. 미술시간에 아이들은 시냇물과 나무숲을 검은색으로 그리기도 했다. 그것은 푸른 물을 보지 못한 광산촌 아이들의 현실이기도 했다.

비가 온 후 광산촌 전체는 반짝이는 흑진주처럼 더욱 윤기를 내었다. 그러나 지하갱도의 천정을 하늘 삼아 작업하는 광부들에겐 항상 위험이 도사리고 있었다. 때로는 사고로 귀한 목숨을 잃으면 동료나 유가족들 모두가 제 설움에 겨워 통곡을 했다.

탄광촌의 불행을 오늘도 잊지 못한다. 그런 일이 있고 나면 회사에서는 언제나 사후대비에 만전을 기했다. 그러나 늘 소 잃고 외양간 고치는 격이어서 며칠 지나면 모두들 불행을 잊고 안전 불감증을 답습했다. 이런 일 때문에 빨리 돈을 벌어서 탄광촌을 벗어나자고 했지만 배운 것이 도둑질이라 차마 떠나지 못했다.

사고로 남편을 잃은 아낙들은 상해보상을 받아 가족과 함께 타지로 이주했지만 적응하지 못하고 광산촌으로 다시 돌아오기도 했다. 그것은 흑진주를 캔 돈으로 보릿고개에도 쌀밥을 먹는 광산촌에 미련을 버릴 수 없었기 때문이었다.

돌이켜보면 천 길 지하갱도 속에서 힘든 직장 이지만 젊은 시절 한때 흑진주와 같이 값진 삶을 열심히 살아 다고 자부하고 싶다.

명헌이 직장생활을 하면서 태권도 보급을 하겠다는 생각으로 문경에 태권도장을 차렸다. 야간 근무 때는 주간으로 주간 근무 때는 야간을 이용하여 수련생들을 가리켰다.

수련생 관원도 제법 많아 도장이 떠나갈듯이 기압소리 사법의 호령소리가 진동했다. 체육관 창문 밖에 가끔 들여다보는 여학생이 있었다. 흰 칼라 검은 교복에 양 갈래 머리에 "여고 3학년 학생이 있었다." 그

학생은 사범인 나를 보고 수련생들을 번갈아 보기에 눈이 마주칠 때도 있었다.

가을이 되어 초등학교 운동회 태권도 시법을 보이기로 했다. 유단자 중에서는 벽돌을 2장을 포개놓고 수도로 깨고 기와 10열장을 포개놓고 정권으로 격파했다. 사범은 사람 7명을 엎드려놓고 둥글게 만든 굴렁쇠에 솜을 감아 놓고 붕대로 감았다. 석유를 뿌려 불을 붙이고 앞에 8푼 송판 2장 포개들고 있게 했다.

기압소리와 함께 뛰어 넘어 2단 발차기로 격파를 했다. 맥주병을 5개를 새워 놓고 수도로 한방에 맥주병 깨드리는 시범은 명헌이가 했다.

양팔 등에 자전거살 침을 만들어 꿰어 물통에 물을 담아 걸고 작두위에 맨발로 올라서고, 초등학생 겨드랑 밑으로 줄을 매어 입에 물고 들어올렸다. 도복 윗도리 벗고 작두날을 배에 대고 앗 하면 야구방망이로 작두 등을 내려치게 했다. 두 번하고 세 번제는 주저앉으며 아이고 한다. 그러면 배가 작두날에 베어 진줄 알고 관중이 모두 깜짝 놀라기도 했다. 관중석에 깜짝 놀라 실신한 사람은 체육관 창문 밖에서 들여다보던 여학생이었다. 사람들은 그녀를 없고 병원으로 달려갔다.

시법대회가 끝나고 명헌이 병원을 찾아 병실 문에 노크를 하고 들어섰다. 그녀는 침대에서 일어나 앉아다.

누어 계십시오.

괜찮습니다. 얼굴에 미소를 지으며 학생은 죄송합니다. "저가 심장이 약해서 그만"

무슨 말 씀입니까. 괜찮으시다니 다행입니다.

도희는 진학을 하지 않고 새마을 사업 일을 했다. 공휴일이면 산책도 하고 식사도 함께하며 시간을 보네. 진달래꽃이 만발한 4월 그들은 진남교 울창한 소나무 숲 언덕 잔디위에 함께 자리를 하고 앉아다. 한눈에 내려다보이는 강물은 산굽이를 거침없이 유유히 어디로인가 흐르고 있었다. 서로 아무 말 없이 침묵이 흘렀다. 명헌이 먼저 입을 열었다. 쓰러져 병원으로 업혀 갔을 때 깜짝 놀라서요.

죄송해요, 저도 모르게 쓰러졌어요! 사범님이 실수를 하여 크게 다친 줄 알았어요.

놀라게 해서 미안합니다.

아니에요, 저가 심장이 약해서 그런 거애요.

그 후부터는 오빠라고 불렀다. 공휴일만 되면 도희와 함께 산책을 하며 식사도 함께 하며 즐겼다.

그녀의 집은 문경군마성면 일명 늘목 이라고도 했다. 늘목 뒷산 무성한 숲이 하늘을 가리고 맑은 물은 계곡을 따라 명주실타래 같이 풀어져 쏟아지고 있었다. 작은 폭포수아래 용소를 만든 곳에 두 남녀는 하늘에서 내려온 선녀와 나무꾼 갖아다. 7월 그날은 웬일인지 천둥번개가치고 소나기가 쏘다져 옷을 벗어 빗물에 젖이 않게 바위 밑에 놓고 그녀와 부둥켜안고 비를 맞았다. 잠시 뿌린 비는 그치고 맑은 하늘은 청명했다. 오빠 사랑해 하며 명헌의 몸을 끓어 않는 것이 어린아이 같았다. 나도 사랑한다고 하며 사랑의 열매를 맺었다.

명헌의 대학 이명덕 선배로부터 전화 열락이 왔다. 후배, 나는 지금 충복 단양 수산에 있는 수정 광업소 광무과장으로 있네! 이곳에 놀러오게. 선배 알아 습니다. 주말 시간 내어 가겠습니다.

연후가 되어 명헌은 그녀와 함께 충복수산으로 선배도 만나러 가는 길 문경새재는 새도 날아 넘기 힘들다 해서 새재다. 1관문과 2관문. 3관문이 있다. 문경새재의 영남과 한양서울을 있는 가장 빠른 중요한 길이며 협곡을 가로막은 성문 새재 관문이 있었다.

임진왜란 때 신립장군은 새재 협곡 관문에서 진을 치지 않았다. 충주

남한강 탄금대서 배수진을 쳤다. 일본왜장 1진 고시니의 2만 명과 전투에 반나절 만에 패전했다. 강물 안개 속 희미하게 떠오르는 신립장군의 모습과 통곡하는 소리가 바람소리에 들려오는 듯 했다. 탄금대는 달천강과 남한강이 합류하는 지점에 신라 진흥왕 551년 가야국에서, 신라로 망명한 악성 우륵이 고국을 생각하고 가야금을 연주하던 곳이라 해 탄금대란 명칭이 붙은 곳이다.

명헌이와 도희는 관광하고 오후에 단양수산에 도착했다. 여관방을 정해놓고 이명덕 선배께 전화를 했다. 후배 왔어 퇴근하는 대로 시내 나가 바로 전화하겠네!

알아 쓸니다. 여관방에 여장을 풀고 쉬고 있었다. 오후6시가 되어서 전화가 왔다. 명월관 으로 오게 명월관은 요정이었다. 선배님 그리로 가겠습니다. 도희, 선배 만나고 오겠습니다.

"빨리 오서요."

"그렇게 하겠습니다." 요정명월관은 시골 면소재지인대 광산이 있는 곳이라 꽤 나큰 술집이었다. 나를 따라오라 했다. 아무도 없는 방에 단둘이 앉아 선배는 "부하직원이 술 마시고 나에게 행패를 부려 밤중에 현장숙소에서 수산까지 맨발로 쫓겨 왔네" 오늘 그놈을 오라고 하였으니 혼을 내주게.

"알았습니다. 대답은 하였으나 난감했다."

선배는 방에 들어오라고 했다. 방안에는 이미 20명 정도 직원들이 술상 양쪽으로 나란히 앉아있고 사이마다 기생들이 합석해 있었다. 중간 양쪽 빈자리 만들어 놓고 "후배 앉으라고 했다."모두 시선이 나에게로 집중되었다. 밖에서 노크하는 소라가 나자 문을 열고 들어오는 사람에게, "최 주임이제오십니까"하면서 인사를 하고 있다. 명헌의 맞은편 빈자리에 앉으라고 안내를 했다. 명헌은 이상하게, 생각하였다. 부하 직원인데 왜들 저렇게 굽실거리는지 궁금했다. 나중에 알았지만 고흥제지 상무의 처남이고 광업소는 그 회사의 광구였다.

최 주임은 고향이 부산이고 권투선수 라이트급출신이라고 인사소개를 했다. 이쪽은 문경에서 태권도장을 하며 태권도 공인4단이라고 선배가 소개하였다. 두 사람은 인사 하십시오! 최종열입니다.

정명헌입니다. 손을 내밀고 악수를 하면서 명헌은 그의 손 '급소急所를' 힘껏 쥐었다. 그는 얼굴이 붉어지며 일그러졌다.

뛰는 놈 위에 나는 놈 있고 나는 놈 쏘아 떨어뜨리는 세상입니다. 힘자랑하면 안 되지요, 여기에 계시는 이명덕과장님은 대학선배이자 나이도 저희들보다 윗분이신데 행패를 부리면 안 됩니다. 오늘 당신하고 나하고 여기에서 힘자랑 결투를 하면 두 사람 중 한사람은 죽을 것입니다. 법치국가에서 그렇게는 할 수는 없다고 하였다. 내기를 하자고 제의를 했다.

"좋소! 무엇이든지 말해보시오" 삼국지 관우는 머리 잘 쓰는 조조에 패했다. 명헌은 힘보다 다른 방법으로 굴복하게 만들겠다는 생각이 들었다.

이집 처마 끝에 기와 장을 발로차서 떨어뜨리는 것과, 지금마시는 맥주병 다섯 개를 상위에 올려놓고 수도로 한 번에 자르겠다.

최 주임 "하하하고 웃으면서" 나는 할 피로도 없고 당신이 한방에 자르면 내가 당신을 "형님으로 모시겠소." 당신이 한 병이라도 못 깨면 당신이 내 앞에 엎드려 형님이라고 부르시오.

명헌은 실력을 보라고 방문을 모두 열어놓고 기합소리와 함께 새가 날듯이 9척 높이의 기와를 2단압차기로 차서 떨어뜨리었다. 방으로 들어와 기생들보고 맥주병 다섯 개를 상위에 한 줄로 붙어 놓으라고 했다.

여기 맥주한잔 딸아 주시오. 최 주임 앞에 맥주잔을 내밀었다. 손이

가늘게 떨고 있었다. 이미 나에게 지고 있다는 감지를 하였다. 목을 축이려고 단번에 마셨다. 그리고 "앗......." 기합소리와 함께 수도로 내려치자 맥주병은 반이 모두 깨지었다." 반은 상위에 그대로 서있고 방안은 숨죽인 듯 적막했다.

최 주임은 무릎을 끌고 형님 잘못했습니다. 용서하십시오, 저가 술 한 잔 올리겠습니다.

"편히 안게."

"괜찮습니다."

명헌은 잔을 들었다.

최 주임은 술 따르는 술병이 잔에 닿아 떨고 있었다.

단숨에 받아 마시고 아우도 한잔하게 잔을 그에게 주었다. 술잔 가득 따라주었다. 단숨에 그도 마시고 형님 대단합니다. 그때서야 모두 박수를 쳤다. 들었다. 명헌은 개선장군 같은 기분이 들었다.

그러나 명헌은 술을 마음 놓고 먹을 수 없기에 옆에 있는 기생에게 물 한 그릇 가져오라 했다.

물은 반 그릇도 안 되게 가져왔다. 술을 먹는척하고 그릇에 부었다. 취하면 혹시나 행패가 염려가 되었기 때문이다. 최 주임은 취했어도 형님이라고 하면서 행패를 끝까지 부리지 않는 것은 의리의 약속이기 때문인가 생각 된다.

"형님 내일 달래 강에 있는 도담삼봉 뱃놀이하고 가십시오," 아우가 간청하니 구경하겠다고 하였다. 술 마시고 절 가락장단에 맞춰 유행가를 부르며 즐기다 밤 12시가 되어 자리에서 명헌은 먼저 일어났다. 그동안 여관방에서 기다리는 그녀의 생각은 가마득히 있고 있었다. 여관에 돌아오니 혼자 기다리다 지쳐 훌쩍거리며 울고 있었다. "미안합니다."

"사람을 두고 나가 소식도 없이 12시가 되어 오십니까!"

정말 미안하다고 하였다. 그동안 있었던 이야기를 그녀에게 "자초지종自初至終을 말 했다."

전화를 해주시면 걱정안하지요, 사고라도 나지 않았나, 걱정했어요.

분이기가 그러타보니 내소견이 거기까지 미치지 못했습니다. 명헌이는 샤워를 하고 그녀와 함께 꿈나라에서 행복하게 사랑을 즐겼다.

9시가 되어 최 주임은 회사 자가용 지프차를 몰고 와서 빨리 나오라고 했다.

우리는 방에서 나와 차를 타고 가면서 나의 약혼녀라고 소개를 했다. 그녀는 안녕하세요 하고 인사를 하였다.

최종열입니다. 형수님 잘 오시었습니다. 단양팔경은 관광지로 유명한 곳입니다. 달래갈 나루터에 도착했다. 강변 언덕위에 있는 주막에 쏘가리 매운탕은 해장국은 최고라고 하며 시켜 아침을 먹었다. 쏘가리 매운탕은 처음 먹는 음식이라 얼큰하고 맡이 좋았다.

형님 유람선을 타러갑시다. 나루터에서 함께 배를 타고 사공에게 달래 강 전설을 들었다. 오누이가 강을 건너는데 소나기가 내려서 누이의 모시처마저고리가 몸에 달라붙어 누이의 육체미 그대로 노출 되었다. 동생은 뒤따라가며 성욕이 발동해 참기 힘들었다. 누나 소변을 보고 오겠습니다. 빨리 다녀오너라! 한참을 기다려도 동생이 오지 않아 찾아갔다. 누나에게 성욕을 탐냈다, 하여 동생은 성기를 돌에 올려놓고 돌로 찍어 피를 흘리고 죽어있었다.

누이는 죽기는 왜죽어 바보처럼 "달래나보지" 말 한마디 못하고 비운에 전설 사랑해서 안 될 사랑 오누이의 "애달픈 사연 달래강 전설이 내려오고 있다." 실화 같은 전설 인간의 본능을 참기 힘들어 죽음을 택한 오누이의 애절한 사연을 들었다. 달래 강은 사연을 아는지 모르는지 굽이쳐 세월과 함께 흘러가고 있다.

그들의 인생도 가는 세월에 싫어 가고 있었다. 도희의 집은 늙은 양부모님이 계시고 오빠는 독일 광부로 가고 없었다. 서독광부는 1960년대 간호사들과 함께 외화벌이로 갔다. 독일에서 벌은 돈은 고국으로 보내져 논과 밭을 사서 부농을 하고 있었다. 명헌이는 그녀 사촌오빠 소개로 부모님께 인사를 드렸다. 그 후부터는 처갓집으로 생각하고 시간나면 그녀의집을 찾아 소먹이 풀을 작두에 자르는 잡일을 돕기도 했다.

육체적으로는 힘들었지만 수입이 짭짤해 많은 사람들이 탄광촌으로 모여들어 둥지를 틀었다. 탄광촌은 전국에 있는 "사업가들이 돈뭉치를 들고 탄광촌으로 찾아왔다. 많은 근로자들이 "흑진주를 캐려고 몰려 왔다." 투자의 성패에 따라 사업가들의 희비가 엇갈렸다. 수십억을 투자하였어도 광맥을 찾지 못해 돈만 날리고 망하는 사람들도 있다. 그들에게 광산촌은 "신기루였고 마약이었다." 반면에 노다지 광맥을 찾아 "벼락부자가 되어 호화로운 생활을 누리는 사람도 있었다." 탄맥을 찾아서도 매장량이 빈약하여 경제성이 없으면 돈만 날리고 빈손으로 광산촌을 떠나기도 했다. 경복 문경은 지하자원이 풍부하여 광업소가 밀집해 있었다. 강원도에도 태백 정선 장성 도계 등 여러 곳에 광산이 있어, 국가 경제 성장에 "중추적인 역할을 했다." B광업소는 7.8천 칼로리가 놓아 주물공장 제련소에 불티나게 팔려갔다. 일제 때 개발한 광산 해방 후 광권을 인수하여 4.6.7대 3선 국회의원으로 지낸 이XX의원 이었다.

선거 때는 회사일 보다 선거 운동에 나섰다. 공화당 국회의원으로 경상복도 도당위원장을 하고 있기에 회사직원 중에 발이 넓은 사람들은 선거운동에 참여 했다.

그 시절에 신민당 후보는 채XX씨는 야당 후보지만 일본 와사다 대학 정치학을 전공한 유명한 분이였다. 그러나 직권 여당에 돈을 마구 뿌리는 이 의원에게 선거에 승패가 갈리었다.

선거운동을 하고 있는데 막바지 하루를 앞두고 명헌에게 "중책重責이 떨어졌다." 오늘 저녁 신민당 후보 사무장 집에 유도대학 학생 3명이 서울서 내려와 오늘 저녁에 돈을 뿌린다는 정보가 있다. 태권도 수련생과 함께 가서 움직이지 못하게 잡아두라는 지시였다.

김XX회장이 신민당 돈을 대주고 있다는 정보였다.

명헌은 유단자 4명을 대동하고 갔다. 밖에서 계십니까!

방에서 누구십니까? 하고 문을 열고 살피는데 명헌은 들어오라는 허락도 받지 않고 방으로 들어갔다. 서울에서 이렇게 수고들 하시려고 오시어 감사 합니다. 유단자 보고 맥주와 안주를 사오라고 돈을 줬다. 가계서 사들고 온 술판을 차려놓고 한잔하자고 권해가며 술을 마시고 그들을 감시했다.

그들은 밤새도록 선거운동을 못했다. 그렇게 무지막지하게 회사 회장을 위하여 일을 했다. 그러나 선거가 끝나면 언제나 몸을 아끼지 않고 일한 사람은 찬밥 신세였다. 정치는 예나 지금이나 이용할 때로 하고는 모르는 척 하지 않으면 숙청하는 것이다.

명헌은 상주에 있는 광산에 스카우트 제의가 왔다. "소꼬리를 하느냐 닭 머리를 하겠느냐 기로에서 H광업소 현장소장으로 가기로 했다." 상주하동에 있는 현장은 상주시에서 꽤 멀었다. 큰 광업소에 있다 작은 광산은 시설도 부족하고 탄은 저질탄이었다. 그래도 월동기면 채굴만 하여 놓으면 난방용으로 없어서 못 팔았다.

그 때는 석탄 산업이 호황이라 광부들에게 나누어줄 쌀을 수백 가마씩 쌓아두고 인심을 쓰며 살았다. 그 시절 명헌은 일에 대한 보람과 성취감 그리고 나누는 기쁨에 행복을 맛보고 살았다.

그곳에서 새로운 인생을 만들어가며 문경에서 사귀었던 도희와 연락도 끊어지고 가마득히 잊어버렸다.

　때로는 동료 직원들과 함께 퇴근 하면 목도 컬컬한데 한잔하러 상주 시내로가자고 하며 소장님 함께 가시렵니까? 가야지 명헌이는 군대서 운전 배워 지프차를 몰고 다니었다. 직원들과 함께 타고 비포장도로를 덜커덩거리며 산을 따라 내려오다 보면, 산천은 단풍으로 붉게 물들었다. 황금물결 일렁이는 들판의 오곡이며 감나무에 매달린 감은 늦가을의 운치를 더해주었다.

　낙엽이 떨어지면 곶감을 만들어 초가집 처마에 주렁주렁 매달아 건조하는 상주의 농촌 풍경은 한 폭의 수채화를 그려 놓은 듯했다. ‘스트레스를’ 풀기 위해 상주시내 요정을 찾았다. 마담은 소장님 어서오서요,
　그동안 잘들 있었소?

　어서들 들어오게, 안내하는 마담을 따라 방으로 들어갔다. 기생들은 단골손님 왔다고 술상이 차려 젓고 술을 따라 주고 건배를 명헌이가 했다. 술잔을 서로 맞대고 건강과 무사고와 행운을 위하여 근배 하고 술을 마셔다. 주고받는 술은 취기가 들자 절 가락 장단에 마쳐 유행가를 부르며 막장일의 고달픔과 타향살이를 달래곤 했다. 도희와는 연락이 안되어 가마득히 털어버리고 상주에서 결혼도 하고 새로운 둥지를 틀고 지난 일들을 모두 잊어버리고 오로지 광산 일에만 열중하고 살았다.

　광부들은 산자락에 제비집처럼 매달린 오막살이에 살면서도 이웃 간의 인심과 우정은 강박한 오늘날보다 훨씬 ‘돈독했다’. 그렇게 광부들의 삶은 그날그날을 즐기고 살았다.

　현장 출근하고 집을 모두 비운 사이 애들의 불장난으로 줄줄이 붙어 있는 광산촌판잣집들은 순식간에 화마가 삼키었다. 불이 났다는 소리를 듣고 달려왔으나 살림살이는 모두 잿더미로 변해 있었다. 명헌이는 인명피해가 없다는 것을 다행으로 생각했다. 광산촌을 떠나고 십은 생각을 가주고 있었다. 언잰가는 지하자원이 고갈될 것을 알기에 명헌은 이

참에 직업을 바꿔야겠다고 생각했다. 20년 동안 청춘을 바쳐 일한 광산을 그렇게 떠났다.

생각하면 아득한 그 시절의 추억은 결코 지워지지 않는 연극의 장면처럼 명헌이 가슴속에 생생하게 남아 있다.

20 20년 광산촌을 떠나

일지감치 광산촌을 잘 떠났다고 생각했다. 막상 광산업에 종사했던 명헌은 할 일이 그리 쉽지 않았다. 이것저것을 닥치는 대로 했지만 직업을 바꿔하는 것은 새로운 사회를 살아가는 것과 다르지 않았다. 또 한 번의 위기에 직면 했다.

시대의 흐름은 관광산업이 호황을 일울 것이라는 생각을 했다. 밤잠을 설치며 무엇을 해야 삶에 새로운 터전을 만들 수 있을까? 관광을 하려면 먹고 자는 것이 우선이라는 아이디어를 생각했다.

막상 사업을 시작하려고 생각하니 사업자금이 피로 했다. 가주고 있는 돈에 비하면 많이 부족했다. 강릉에서 알게 된 국민은행 지점장님과 형님동생하고 친분을 같게 되었다. 이XX지점장께 사업기획을 만들어 설명하고 도와달라고 부탁을 드렸다. 이 지점장께서는 어떻게 도우면 되겠느냐고 물었다. 땅을 사서 그 땅을 담보하여 은행대출을 받을 수 있게 부탁 했다.

그때는 지점장권한 한도금액이 3.000만원 박에 되지 않았다. 그때 금액으로는 상당히 많은 돈이며 지금 같으면 3억 정도의 금액이다. 6.000만 원정도 있어야 했다. 땅을 12월 샀다. 봄이 올 때 까지 기본설계를 했다. 공과대학출신이 되다보니 평수와 층수 객실 수를 면적에 마쳐다.

모텔을 4층으로 기초 설계를 했다. 설계를 이대로 해달라고 설계사에게 마겼다. 층수에 비하여 면적 까지 정확하게 하였기에 설계비도 반값에 하여 주었다.

3월초에 기초를 파고 건축공사를 시작했다. 여름 피서 철에 마쳐 준공하면 여름경기 대목을 보기위해 밤낮없이 작업을 하였다. 생각대로 별사고 없이 7월10일 준공하고 개업을 했다.

그러나 공사비 일부를 지불하지 못하여 독촉에 어려움을 겪었다. 지점장께 대출을 더 해주십시오! 얼마가 더 피로한가? 3천만원 정도면 해결이 되겠습니다. 한도액이 초가 되었으니 신용대출로 식구들 세 사람 이름으로 천만 원씩 3천만 원을 받으라 했다. 3년 적금에 이자와 함께 불입 하는 조건으로 여신을 받게 했다. 사업이 안 되면 모텔은 은행에 담보되어 있기에 경매에 들어갈 수 있다고 했다.

개업하자 손님들이 미어지게 찾아와 객실이 항상 매진되어 방을 주지 못하여 손님들에게 죄송합니다. 미리예약을 하지 않으면 저이들 모텔은 객실이 부족합니다. 청소하는 일부터. 객실담당. 교환수. 외타를 포함에 5.6명의 직원들과 함께 주야간 열심히 했다. 3년 만에 은행 대출도 갚았다. 은행은 신용이 제일이라 돈이 피로하면 언제든지 말만 하면 여신을 하여준다고 했다.

모텔 앞에 공터가 있기에 땅을 매수하여 하나를 또 짓기로 했다. 이재는 한번 해본 경험이 있기에 2월에 공사를 시작해 7월 20일 준공하여 피서시기를 마쳤다. 생각했던 대로 호황을 일우고 돈을 벌기 시작했다.

사업도 확장하였다. 경포 관광회사를 만들어 관광버스 10대를 구입했다. 역시 명헌의 생각대로 국내관광과 해외관광까지 하면서 1년 만에 버스 15대를 추가 구입하여 25를 증차하여 관광사업에 기틀을 마련하였다.

이 지점장께서 아우 사업실력이 대단해 오늘 저녁 "식사할 시간 있는가?"

"있습니다." 우리는 경포에 있는 횟집에서 만나 식사를 하면서 소주를 시켰다.

형님 소주 한잔 드십시오! 아우도 한잔 들게 서로 소주잔을 맞대고 건배를 하면서 사업 번창을 축하한다고 하였다. 그동안 지점장님께서 도와주신 덕분으로 사업이 번창하였습니다.

회사를 운영한다는 것이 쉽지 않았다. 직원도 수십 명이 되고, 부장, 과장, 대리까지 있어 직원 관리에서부터 자금관리에도 신경을 써야 했다.

그동안의 세월은 아들 셋에 딸 둘 5남매를 중고등학교 대학을 보내고 있었다. 돈을 벌어야 된다는 강박감에 그렇게 시간이 흐르고 있다는 생각은 가마득히 잊고 있었다.

21 영순의 영욕의 천릿길

　일본은 태평양전쟁에 사용하기위하여 대륙 간 철도를 연결하는 동해
안 북부선 철도공사를 했다. 조용하던 시골마을 외지에서 몰려온 사람
들로 북새통을 일우고 있었다. 구장거리는 5일장 장터자리에 역을 만들
면서 장터는 없어졌어도 지명은 구장거리라고 불렀다. 정재근과 이영순
은 소농을 하지만 다복한 가정 3남매 아들 둘 딸 하나를 낳고 살았다.
영순의 남편은 철도공사 강제노역장 노무자로 일을 했다

　공사현장 친일파(십장) 감독은 물을 얻어 마시려고 영순의 집을 찾아
가 "주인 있습니까." "누구시요," "물 한 그릇 얻어 마시려 왔소, 예, 물
드리지요," 물을 들고 나오는 여자는 일색의 여인 미모에 정신없이 바라
보고 있었다. "물 가져왔습니다." 영순의 얼굴을 쳐다보고 물그릇을 받
는다는 것이 땅에 떨어뜨렸다. 죄송합니다. 괜찮소, 다시 갖다 드리겠습
니다. 물을 다시 갖다 주었다. 물을 받아 단숨에 마시고 "물맛 참 좋소,"
잘 먹었습니다.

　그 후부터는 물 얻어먹는다는 핑계로 찾아갔다. "아주머니 계시오,"
"누구십니까?" 목이타서 물 얻어 마시러 왔소, 물 가지러 부엌에 들어가
자 딸아 들어와 토방에 걸터앉아 "아주머니 미색은 시골서 썪기에는 아
까워요," "놀리지 마서요, 부끄럽게 왜 그러십니까!"

　농담을 하며 친분이 가까워지고 시간만 나면 찾아와 농담하고 그녀를
꾀었다. "남편이 공사현장 일하고 있지요," "예, 일하고 있습니다."

　"힘들지 않는 곳에 일하게 하여주고 일당도 많이 받게 해주겠습니다." "정말 그렇게 하여주겠습니까?" "내가 현장감독인데 그 정도야 해줄 수 있지요," "그렇게 하여주면 얼마나 고맙겠습니까!" "걱정하지 마시오," "그렇게 하여주면 나에게는 무엇을 해 주실 겁니까?" "그렇게만 하여 준다면 저가 할 수 있는 일이라면 무엇이던지 해드리겠습니다." 십장의 감언이설(甘言利說)에 남자의 품에 안겼다. "저의 남편 힘들지 않는 곳에 일하게 하여주고 일당도 많이 받게 해주어야 합니다." "내가 감독인데 그 정도야 해주지요, 그 대신 당신이 피로하지," 그녀를 끌어않았다. 영순은 시골에 무쳐 달콤한 사랑을 느껴보지 못한 터라 가슴이 콩닥거리었다. 남편을 위해 어리석게 거절하지 못하고 한편으로는 거절하면 보복이 두려워 뿌리치지 못했다. 그 시간을 남자의 소유물처럼 즐기게 하여 주었다. 한번 맺은 불윤은 날이 갈수록 음탕한 관계로 빠져 두려움과 공포에서 멀어져가고 있었다. 남편에게 느껴보지 못하던 욕정의 쾌감을 느껴.

　그녀는 날이 갈수록 깊은 수렁으로 빠져들었다. 시간만 나면 남의 눈을 피해가며 수시로 밀애를 즐겼다. 그러다보니 소문이 꼬리를 물고 퍼져 갔다. 그래도 자석 같은 불윤은 떨어질 수 없었다. 남편이 알면 맞아죽는 다는 생각이 들었다. "당신 나를 책임져야 합니다." "왜 그래 마을에 소문이나 이대로 있다가는 남편이 알면 맞아죽어요, 함께 멀리 도망가요," "알았어! 다른 현장으로 가면 되지 않겠소!" 포항 현장으로 가기로 하고 보따리를 싸놓고 아이들 잠들 때를 기다려 잠이든 후에 두 사람은 함께 야반도주 길을 떠나 포항현장에서 일을 했다.

　그러나 대동아전쟁 막바지에 일본은 전쟁에 폐망하고 조선은 광복의 기쁨을 맞게 되었다. 36년이라는 긴 세월 일제강점기에 일본에 핍박당하고 살아온 조선 사람들은 일본인들과 친일파들을 몰아내고 잡히면 초죽음이 되도록 메질을 했다. 십장 놈은 도망을 가고 영순은 홀로남아 친일파의 첩년이라 그곳에 있을 수 없어 도망을 쳤다.

그동안은 정부 덕에 부족함 없이 호의호식(好衣好食)하며 살았다. 이제는 친일파의 첩년으로 살았다는 멍에를 짊어지고 남은여생을 살아가야 했다. 이재는 끼니까지 때우기 힘든 처지라 배속에서는 먹을 것을 달라고 쪼르륵거린다.

흐르는 시냇물에 엎드려 꿀꺽꿀꺽 물먹고 배를 채웠다. 어느 한곳도 안전하게 살아갈 곳이 없다. 그녀를 알아보지 못하는 곳을 찾아 안동방면으로 갔다. 시장기를 참기 힘들어 밥이라도 한술 얻어먹으려고 대궐 같은 집 대문에 들어서 "아무도 안계십니까?" 안채에서 중년 부인이 나오고 사랑채서도 문이 열린다. 장죽 담뱃대를 입에 물고 연기를 코와 입으로 내품으며 "어떻게 왔소," "지나가는 객인데 막일이라도 하여드리고 댁에 식솔이 되려고 찾아 왔습니다."

사랑방 남자주인은 행랑채 빈방하나주고 "집에 허드레 일을 시키도록 하시오," 안방에서 나온 주인 여자는 "이리 딸아 오시오 예, 하고 딸아 갔다." 방문을 열어놓고 "이방을 쓰도록 하시게,"오랫동안 비어 있던 방이라 쥐똥과 먼지투성이다. 그래도 다행이라 생각하고 방안청소를 하고 그날부터 가정부 일을 닥치는 대로 막일을 했다.

영순은 40대 초반이라 시들기 전 꽃이라 아름다운 여자로 주인에게 돋보였다. 부지런히 일하고 싹싹하게 주인을 모시었다. 남자머슴도 있고 쾌나 부자로 사는 집이다. 안주인은 장날이면 나비처럼 차려입고 나들이가면 대문 박 까지 따러나가 잘 다녀오시라고 공손하게 인사를 했다. 남자머슴은 들에 일하러 나가고 사랑방에 어른혼자 담배피우고 재떨이에 담뱃대꼭지로 땡땡 두드려대고 있다.

"양양댁" 하고 부르기에 "예," 하고 사랑방 앞에 갔다. "시원한 냉수

한 그릇 떠오시게," "예," 하고 부지런히 "물 한 그릇 들고 물 가져왔습니다." "갖고 들어오지 뭣하고 있는가!" 물그릇을 들고 들어가 공손하게 주인어른께 드렸다. 물을 마시고 "힘든 일은 없는가?" "괜찮습니다." "힘든 일이 있으면 나에게 말하시오," 슬그머니 영순의 손을 잡고 잡아당긴다.

못이기는 척 하고 주인 남자 품에 안겼다. 방바닥에 눕혀 놓고 속옷을 벗기는 손을 뿌리치지 않고 "어른 이러시면 안 됩니다." "괜찮아 자네는 내가 적극 돌보아 줄 터이니 걱정하지 말게," 그녀의 속옷을 벗기고 배우에 엎드려 씩씩거리며 신음소리 내고 배우에서 굴러 방바닥에 떨어져 코를 골며 잠들었다.

영순은 바지를 걷어 올려주고 물그릇을 들고 부엌으로 돌아왔다. 그때서야 짜릿 거리는 몸은 불타오르기 시작했다. 부엌문이 열리면서 젊은 머슴이 "아줌마 왜 바들바들 떨고 있어요, 어디가 아파서 그러십니까?" "배가아파서요," "어서 방으로 들어 오세요, 체한가 봐요, 배를 주물러 드리지요, 어서 누우셔요!" 배를 밀어주다가, 가슴을 만지면서 시원하지요, 머슴은 바지를 벗어던지고 노총각 놈이라 힘 있는 데로 마음껏 즐겼다.

양반 댁 주인은 읍내 주막에 잘생긴 기생만 새로 오면 한번 따먹어야 직성이 풀린다. 그러다보니 자기 부인은 챙기지 못했다. 부인은 독수공방 과부 안인 과부 같이 살아가고 있었다. 삼복더위에 머슴은 웃옷을 벗어놓고 나무장작패는 머슴을 보니 양반집 마님이지만 욕정이 불타올랐다. 머슴을 안방으로 불러들였다. "마님 찾으십니까!" "그래 들어오너라!" 내 등을 긁어다오 가려워서 못 견디겠다.

머슴은 마님의 등을 시원스럽게 긁어 드렸다. 아이고, 시원하다. 갑자기 총각머슴을 끌어않고 누었다. 머슴은 기회를 놓칠세라 바지를 벗어

던지고 배위에 올라갔다. 황소 같은 머슴은 비록 쌍것이지만 섹스는 제왕 이였다. 한 지붕 밑에서 삼각관계로 살아갔다. 기회만 있으면 영순은 머슴과 즐기다 주인마님께 들켰다. "이 못된 년이 어디에서 화냥질을 하고 있어" 자신도 머슴과 즐기고 있기에 질투가가 극에 달했다. 당장 내집에서 나가라고 행랑채 방안에

있던 보따리를 마당에 내던지고 소리소리 지른다.

영순은 주인과 머슴을 번갈아 가며 즐기고 살았다. 용서를 구할 처지도 못된다. 어차피 되는 대로 살아가리라는 자신의 불행은 운명이라고 생각 했다. 보따리를 들고 그 집을 나와 이집 저집을 전전하며 떠돌이 생활을 했다. 남의 집 처마 밑 이슬만 피할 수 있는 곳이라면 어디서도 노숙생활을 했다. 목욕도 못하고 몸은 더러워 질대로 추한생활을 하였다.

몸이 근지럽고 붉은 반점이 생기며 물집이 생기고 긁으면 진물이 흐르고 온몸에 번진다. 얼굴까지 반점이생기고 망측스러웠다. 이것이 나병이라는 것을 그때서야 알았다. 무명헌옷을 찢어 얼굴을 감고 손도 싸매어 눈만 내놓고 앞만 볼 수 있게 했다. 그러나 진물이 찌걱 찌걱 배어나왔다. 송장 썩는 냄새같이 구역질이 났다. 자신에 대한 회의를 느꼈다. 고통의 삶 포기하지 못하고 입은 포도청이라 먹지 않고서는 시장기를 견디기 힘들었다. 바가지를 들고 문전걸식 하려고 마을에 들어서자 아이들은 문둥이 왔다고 돌을 던지고 동구 밖으로 쫓아냈다. 돌팔매질에 맞아 만신창이가 됐다.

가정주부로 미모가 뛰어나게 예뻐서 다른 남자 품에 않기고 남편과 자식은 헌신짝처럼 버렸다. 공사현장 십장 직책 때문에 호의호식(好衣好食)도 했다. 옆집에 사는 아낙들이 사모님 하면서, 쌀과 고기반찬거리 같아주며 남편을 부탁했다. 지금은 어느 곳도 사람이 살고 있는 곳은 갈

수가 없다. 자신만의 행락을 위해 남편의 가슴에 못을 박고, 야밤 두주했던 과거를 생각하니 천벌을 받고 있다는 것을 느꼈다.

그래도 옛날 살던 고향으로 찾아가기로 생각했다. 가는 길은 살벌한 눈초리가 무섭기만 했다. 밤이면 남의 집 쓰레기통이나 구정물통을 뒤져 버린 음식물을 먹었다. 잠은 동구 밖에 외딴 곳 스산한 상엿집은 시신을 넣은 관을 싫어 옮기는 기구를 보관하는 곳이다. 어린 시절 무서워서 상엿집 돌담 옆에 진달래꽃이 아름답게 피었어도 꽃 한 송이 꺾어보지 못했다.

그러나 지금은 다르다. 이슬을 피하고 잠을 잘 곳이 없기에 오히려 다행스럽다. 상엿집 문을 열고 들어갔다. 안식처요 보금자리다. 한쪽 구석에 나뭇잎을 모아다 깔아놓고 누었다. 그동안 사람이 사람에게 쫓겨 이곳까지 왔다. 가는 길목 마을 마다, 동구 밖 외딴곳에는 상엿집이 있기에 하룻밤을 자고 가기에는 안성마침이다.

그렇게 고생하며 고향을 찾아왔지만 알아보는 사람은 아무도 없다. 옛날 살던 집 옆 형님 집으로 갔다. 그동안 버린 가족 소식이라도 들을까하고 그러나 형님역시 알아보지 못했다. 굶주린 배를 채우려면 밥이라도 얻어먹고 싶어 "밥즙 주서요," 형님이 나오시며 밥과 김치를 주시었다. 그동안 지은 죄 때문에 형님이라고 부르지 못했다. 복받이는 슬픔에 눈물이 비 오듯이 쏟아졌다. 혹시라도 남편과 아이들이라도 볼까하고 이리저리 기웃거렸다. 아무도 보이지 않았다. 밥을 들고 비석거리 옆 동굴 있는 곳을 찾아갔다.

어린 시절 그 동굴은 거지들이 기거하는 곳이라고 아무도 들어가지 않았다. 그녀는 그런 곳이 안식처다. 동굴 속에는 유골만 남은 시신이 있었다. "한국전쟁 1.4후퇴 때" 영순은 정부와 도망가고 남편은 신경성 고혈압으로 쓸어졌다. 중풍으로 반 수족 마비가 되어 피란을 못가고 동굴에 기거하다, 동사한 남편의 유골이지만 그녀는 알아보지 못하고 밥을 먹고 시장기를 면했다.

그러나 자기가 나은 자식 병복은 알아보지 못했다. 그렇다고 내가 어미라고 말할 수도 없다. 그런데 나병환자라고 돌을 던지고 쫓아낸다! 어쩔 수 없이 그곳을 떠나 내가 갈 곳은 소록도 나환자 수용소를 찾아가는 길밖에 없었다. 거적을 깔고 잠자던 거적을 말아 새끼줄로 묶어 짊어졌다. 다시 이곳을 찾을 수 없는 고향산천 뒤로하고 천릿길 소록도를 찾아 떠났다.

몸에 진물이 나오고 손가락 발가락 마디가 하나씩 떨어진다. 절룩거리며 걸었다. 잘못을 후회 하지만 그릇에 쏟아진 물같이 주워 담을 수 없듯이 지은 죄는 돌이킬 수 없다. '하늘이시여 어찌 이렇게 가옥하게 벌을 내리십니까, 구원을 주옵소서!' 조막손을 마주잡고 처음으로 하느님을 찾고 불렀다.

소록도 가려면 주문진에서 부산까지 다니는 연락선 배가 있다. 그러나 나병환자라고 태워주지도 않지만 뱃삯도 없다. 영주까지 걸어서 열차를 타려고 영주까지 갔다. 서울에서 부산까지 가는 완행열차가 있다. 나환자라고 역무원이 대합실에 들어오지도 못하게 했다.

마을을 지나가려면 사람이지만 몽둥이를 들고 휘두르며 쫓아냈다. 그 시절에는 나환자가 어린아이 간을 빼먹으면 고친다는 유언비어가 나돌아 겁을 먹고 마을에 얼씬도 못하게 했다. 며칠 끼니를 때우지 못하니 배속에서는 먹을 것 들어오라고 쪼르륵 소리가 난다.

서산에 붉은 노을은 산을 물들이고 어둠이 깔리었다. 사람들의 눈을 피해가며 살금살금 마을로 내려갔다. 부엌문을 열고 캄캄한 부엌을 더듬어 솥뚜껑을 찾아 조막손으로 들었다. 밥 한 그릇을 들고 뚜껑을 살짝 놓는다는 것이 떨어뜨려 털커덩하고 소리가 났다. 방에서 호롱불을 들고 나오면서 도독이야 하기에 영순은 밥을 들고 도망을 쳤다. 뒤따라온 사람에게 잡혔다. 거지잖아 하면서 발길질을 한다. 나둥그러지면서 아이쿠 잘못했습니다. 배가 고프기에 용서하여 주십시오, 주인한테 물어보지도 않고 도둑질하면 되나 하며 머리채를 잡고 쳐들어 보고는 나환자다, 침을 탁 뱉고 가버린다.

넘어지면서 내동댕이친 밥을 더듬거려 찾아 모래하고 뒤범벅이 되었지만 허기진 배를 채우려고 주어먹었다. 그렇게 고생 끝에 부산까지 왔다. 순찰중인 경찰이 "당신 나환자지" "그렇습니다." "딸아 오시오," 파출소로 따라갔다. 파출소 주는 밥과 된장국을 주기에 두껍이 파리 잡아 먹듯이 먹어치웠다. 피곤하고 그나마 안식처가 되어 한쪽구석에 쪼그리고 앉아 잠이 들었다. 진수성찬(珍羞盛饌)을 먹고 선녀들과 아우러져 음악에 마쳐 춤추고 즐기고 있었다. 그런데 "여보시오" 하면서 발로 툭툭 차며 깨웠다. 무엇이 그리 좋아서 헛소리 잠꼬대 하는 거요, 지금 가는 곳은 한번가면 육지구경은 다시 못하는 곳입니다. 깜작 놀라 깨어보니 꿈이었다. 꿈을 깨운 경찰관이 야속하고 밉기도 했다.

"빨리나오시오" 문밖에 트럭한데가 다른 나환자를 태우고 대기하고 있었다. 어서 차에 타시오 퉁명스럽게 소리친다. 경찰관은 불상한 중생들 혼자 중얼거리며 잘 가시오, 추력은 붕붕거리며 얼마를 달렸는데 부산항에 도착했다. 수만은 배들이 부두에 뱃머리를 즐비하게 박고 떠있다. 차에서 빨리들 내리시오, 손가락이 떨어진 조막손으로 문짝을 잡고 내리다가 떨어져 엉덩방아를 찌었다. 엉덩뼈가 깨어지는 듯이 아파서 일어나지 못하고 쓰러져 있었다.

인솔자는 남이야 죽든 말든 빨리 오지 못하고 꼼틀거리고 있다고 소리 지른다. 싸게들 배에 오르시오," 차에서 내리는 것보다 배 타는 것은 더 힘들었다. 배에 조막손으로 매달려 제대로 잡을 수 없는 손이라 배서

떨어져 바닷물에 풍덩 빠졌다. 수영을 하지 못해 허우적거리며 살려주
시오 소리쳤다. 뱃사람들은 갈고리로 목덜미 옷을 낚아채어 끌어 올리
고 간판위에 내동댕이쳤다.

간판위에 엎드려 코와 입으로 물을 토했다. 괜찮으시오, 고개만 끄덕
거렸다. 목숨을 건지고 나니 차라리 물에 빠져 죽지 못한 것이 한스러웠
다. 배는 퉁퉁거리며 항구를 뒤로 두고 먼 바다로 나가고 있다. 부산항
은 멀어져가고 배는 물살을 가르며 요동치며 가고 있다. 물에 빠져 죽을
번했는데 또 고통이 온다. 속이 뒤집히고 뱃멀미가 나기 시작했다. 파출
소에서 먹은 음식물을 다 토하고 나중에는 똥물까지 토해 냈다. 온몸이
탈진되어 간판위에 꼬꾸라져 배가 흔들리는 대로 나무토막 굴러다니듯
했다.

그렇게 한나절이 되어 도착한곳이 "소록도" 한이 서려있고 세상과 단
절되어 있다. 소록도는 전라남도 고흥군 도양읍에 속하는데 그 현상이
어린사슴과 닮았다하여 붙여졌다. 고흥반도 끝 녹동 항에서 20분정도
걸리지만 부산에서 "소록도까지는 멀었다." 뱃사람들은 내리시오 하
지만 기력이 없어 일어설 수가 없었다. 국립소록도 공원 병원에서 마중 나
온 봉사하러온 수녀들이다. 배까지 올라와 일으켜주며 괜찮습니까? 영
순은 그저 고개만 끄덕 거리였다. 함께 간 나환자들도 도두가 '병원'으
로 데려가 신체검사를 받았다. 그리고 식당에 가서 밥한 그릇 국한그릇
주고 수저를 식탁위에 놓고 앉았다. 수녀의 기도가 있었다. "주님이시여
이들 죄를 사하시고 영광의 길이 있게 하소서," 아멘 기도가 끝이 나고
식사를 하십시오, 쌀과 보리를 섞은 밥이다. 먹으라는 말이 떨어지자 정
신없이 입에 끌어넣었다.

식사가 끝나자 따라오시오, 살아갈 방으로 갔다. 앞으로 성당에 나오
시고 기도 열심히 하시고 농장에서 일도하시고 여생을 이곳에서서 보내

시기 바랍니다.

영순은 새 인생을 살아가며 과거의 잘못을 뉘우치고 열심히 기도하기로 생각했다. 꽃다운 청춘의 탐욕과 욕정 때문에 남편과 자식을 버렸다. 혼자 잘살겠다고 십장과 함께 즐기다, 소록도까지 왔다. 그래도 걸어 다니며힘들지 않게 일을 할 수 있지만, 오래된 중추 환자는 코가 문드러지고 문밖출입을 못하는 환자도 있다. 방안에서 요강에 대소변을 보고나면 봉사자나 같은 환자가 처리해주고 있었다. 시력을 상실한 환자들의 방문을 열면 파리 때가 까마게 날기 시작하면 운무를 만들기도 했다. 밥그릇 국그릇에 파리가 빠져 죽어도 모르고 그대로 먹는 환자들의 생명력은 강하게 살아가고 있었다.

할아버지 할머니들과 저녁에 그분들의 집에 모여 둘러앉아 이야기꽃을 피우기도 한다. 영순은 나병에 언제 걸렸는지 어떻게 해서 소록도에 오게 되었는지 가족들과는 어떻게 해서 헤어 졌는지 한사람 한 사람 사연이 다 기막힌 소설이다. 결혼생활 하다가 23살에 소록도에 들어 왔다는 할머니의 사연은 가슴이 아팠다. 꽃 색시는 젖먹이 아들을 두고 남편과 눈물의 이별을 하고 소록도에 들어왔다. 그렇게 소록도에 살면서 돼지를 키우고 양계를 해서 돈을 모아 나환자들에게 큰돈이 되었다. 고추도 심고 깨도 심고 상추 호박도 심었다. 열심히 일하면 손가락이 문드러져 떨어져나간 조막손으로 할머니는 차곡차곡 모았다. 그 할머니는 소록도에 35년이 흘러서 아들이 찾아왔다. 젖먹이였던 아들과 며느리가 같이 왔더라고 했다.

그 말을 하는 할머니 얼굴에 행복이 가득하게 보였다. 눈썹하나업고 코도 문드러진 얼굴에 자랑스러운 표정을 담으며 할머니가 즐겁게 말하고 있었다. 영순은 그동안 피땀 흘려 모아 놓은 돈을 아들에게 다 줬어? 가족들을 두고 떠나온 슬픔과 외로움 속에서 한푼 두푼 평생 벌어 모은 돈을 아들에게 다 내주다니, 그 돈을 아들이 받아갔어요, 곁에 있던 할머니도 거들었다. 행복한 할망구지 아들에게 돈을 줄 수 있고, 주고 싶어도 찾아오지도 않지? 어디에 자식들이 사는지도 모르지, 그런 사람에 비하면 행복한사람이지, 영순은 그제야 깨달았다. 그 할머니의 가장 큰 행복이라는 것을 알았다. 자식에게 뭔가를 해줄 수 있다는 기쁨은 아들이 얼마나 눈물겹게 받았을지 영순은 생각했다.

마을 마다 무화가 나무와 유자나무가 많았다. 나환자들이 건네주는 무화가 열매를 먹었고 유자수확기엔 유자를 따서 집집마다. 채 썰어 소금에 재워두었다. 반찬으로 먹기도 했다. 소록도에는 이름 모르는 가냘픈 야생화들도 많이 피었다. 중앙공원은 등나무도 있었고 노송도 있었는데, 그곳에서 혼자 벤치에 앉아 지난 일들을 생각하고 수 없이 눈물을 흘렸다.

소록도에서 사슴들이 살고 있다. 누군가 소록도에 기증하여 섬 전체가 사슴들의 터전이다. 사슴들은 배가 고프면 마을까지 내려와 옥수수를 먹고 갔다. 어느 날 노을 질 무렵이다. 사슴한마리가 높은 뿔을 치켜세워 "마치 황제가 왕관을 쓰고 황비와 태자 함께 자태를 뽐내고 있는 것 같았다." 서슴없이 옥수수를 먹는 수사슴의 모습은 늠름함이 "황제가족 같았다."그 후에 수사슴이 암컷과 새기 가족을 대리고 붉은 노을을 받으며 중앙공원을 가로 질러 산책 을하고 있었다.

사슴가족을 바라보며 한동안 그 자리에 멈춰 있었다. 저렇게 살 수 있다면 짐승이라도 행복했을 것이다. "다음 생애 소록도에 사슴으로 태어났으면 하고" 한숨을 내쉬었다. 영순은 지난 일들을 머리에 지워버리고 새로운 생활을 해가며 과거사를 거울삼아 속죄하고 남은여생을 열심히 농장에서 봉사의 일하며 살아가리라고 생각했다.

한순간의 잘못된 생각으로 남편과 자식을 헌신짝 같이 버리고 남편은 객사하고 자식들은 고아가되어 뿔뿔이 흩어졌다.

22 순림의 피난길

창호, 순림 부부는 6,25피난길에 추풍령 똬리굴을 기차가 넘을 때 수천 명의 피난민을 싫은 기차는 힘이 모자라 고개를 넘지 못해, 세 번이나 중간에 정차하는 동안 석탄 연기에 질시하여 두 아들을 잃었다. 그때를 생각을 하면 가슴이 천가래 만 갈래 찢어지는 아픔의 고통을 겪어야 했다.

자식 잃어버린 순림은 가슴에 묻고 피난을 부산전포동에 정착하고 그때만 하여도 전포동 철길 아래쪽은 육군교도소가 있었다. 철길 옆으로 판잣집들이 즐비하게 늘어서 피난민은 먹고 살길이 없기에 젊은 여자들은 몸을 팔았다. '집창촌集娼村'의 일을 하여 그들의 생활 수단이었다. 목구멍이 포도청이라 입에 풀칠이라도 해야 하는 피난 생활 삶에 힘들었던 그때의 현실이었다.

철길 지나가려면 아저씨 놀다가세요, 하면서 짧은 스커트치마를 입고 얼굴은 분단장에 입술은 립스틱을 빨갛게 칠하고 지나가는 사람들을 붙잡고 놀다가라고 입씨름을 했다.

지금생각하면 꿈같은 옛말이다. 분요를 처리하지 못하여 구덩이를 파고 쏟아 부어 놓아 전포동은 똥구덩이라고 했다. 창호, 순림 부부는 공터에 움막을 짓고 삶에 터전을 만들어 갔다.

휴전 협정으로 전쟁도 끝이 나고 김창호 공사현장에 일을 했다. 퇴근할 때는 버려진 건축자재를 주어왔다. 그렇게 모아다가 얼기설기 집을 짓고 방을 한 두 칸씩 만들어 넓혀 갔다.

공터에 돼지우리도 짓고 부대에서 나오는 짬뽕으로 돼지를 길러 재산을 모아가며 삶에 터전을 만들어갔다. 돼지들은 제법 커서 발정을 했다. 짝짓기 하여 올망졸망 하게 새끼를 낳았다. 하루가 다르게 커가는 돼지새끼 들은 어미젖을 들어 받으며 서로 먹으려고 누어있는 어미를 이리저리 타넘고 꿀꿀거리는 꼴은 복이 넘쳐 들었다. 전쟁 중에 천만다행으로 삶에 터전을 일구고 있는 것만으로도 다행이라 생각했다.

순림은 함께 돈을 벌어야 된다는 생각으로 서면시장 뒷골목에 채소장사를 시작했다. 채소는 김해 낙동강 둔치에 배추 오이 상추 등 농사를 짓는 농부들에게 새벽에 찾아가 헐값에 사서 보따리를 머리에 이고 어깨 걸머지고 버스를 탔다.

차장(안내양)은 아줌마 짐이 너무 만아요, 운임주면 되지, 그렇게 입씨름하다보면 조수 녀석이 와서 운임을 별도로 받아갔다. 그 시절은 운전기사 안내양 조수 그렇게 보통 3명이 함께 타고 운행을 했다. 버스 안은 콩나물시루처럼 승객들은 꽉 차서 발 디딜 틈도 없다. 탐냄세. 사람 냄세. 숨이 막히고 사람사이에 끼여 죽을 지경이었다. 손님들이 타고나면 차장은 손바닥으로 차문을 탕탕 두드리며 오라이하면 버스는 출발했다.

하루도 쉬지 않고 체소 장사를 했다. 돈을 벌어 생활에 보태고도 저축을 하는 제미로 힘든 일도 마다하지 않고 여자 힘으로 해냈다.

길거리에는 지나가는 사람들에게 한 푼 주세요! 구걸하는 피난민들이 태반이었다.

피난민들은 영도다리 밑에 판자 집을 짓고 연명하는 생활 아이들은 껌팔이, 구두 닦는 통을 메고 구두 닦아 얼음과자 통을 둘러메고 아이스케키 목이 터지게 소리치고 구두를 닦고 얼음과자를 팔았다.

신문배달 '넝마주이' 빈병이나 종이, 고철을 주어서 고물상에 팔았다. 그렇게 고향을 두고 천리타향 피눈물을 흘리면서 1,4후퇴 홀로 메리디스 빅토리호 수송함을 타고 피난민에 휩싸여 정착한 부산이다. 가는 곳마다 넘쳐나는 피난민 전쟁 중이라 정부에서도 뾰족한 구호대책이 없었다.

세월은 유수같이 흘러 김창호 딸만 삼형제를 낳았다. 세월에 따라 행운이 왔을까? 집 앞에 대우자동차 공장이 들어오고 공장건물이 새워졌다. 공장에서 차를 만드는 공장직원 8시간 3교대로 밤낮 없이 공장 돌아가는 망치소리가 끝이지 않았다. 집 앞에 6차선 도로도 나고 옛날에는 산 동리였다. 부산시가지를 내려다보이는 '보현산'은 평풍처럼 둘러쳐진 곳이다. 보현산에 오르면 부산 앞바다와 항구 수많은 배들이 만선의 고동을 울리며 고기잡이했다. '영도다리'는 하루에 큰 배가 들고날 때 다리를 들어 올리고 내려놓았다. 그 시절 부산항의 명물로 소문나 영도다리는 구경거리였다.

풍경은 부산의 운치며 '홍제사 사찰' 아래로 흐르는 계곡 맑은 물은 생명수가 되었다. 산 동래 아낙네들은 식수로 사용하고 손으로 세탁하는 시절 빨래터로 사용되었다.

피난민들이 모여들고 공장이 생기고 나니 사바나거리가 되었다. 돼지도 모두 팔아 큰돈을 벌었다. 돼지집이 있던 자리에 재비 집처럼 따닥따닥 부쳐 만들어 월세 방은 공장에 다니는 사람 하숙집으로 사람들이 북적 됐다.

생활이 윤택하게 되어 강원도 고향에 있는 조카들도 부산으로 취직을 하려 삼촌댁으로 몰려왔다. 공장에 취직도 시켜주었고 창호 아들이 없기에 형님아들 하나를 양자로 들일 생각을 했다. 순림은 양자보다 그래도 내 남편의 핏줄을 받아야 한다는 생각 때문에 양자는 그리 달갑지 않게 생각했다.

순림은 서면시장 채소장사 끝내고 집에 하숙하는 손님들이 만아 집안 일을 돌보기로 했다. 그러나 전쟁에 잃은 자식 생각 때문에 가슴이 메어지는 아픈 심정이었다. 남편은 아들 공백을 매우기 위하여 더 이상 아들을 낳기 힘들다는 생각 때문에 양자보다는 '소실(小室)첩'을 원하는 청을 거절 할 수가 없었다.

여보, 미안하지만 그렇게 하는 것이 좋을 것 같습니다.

당신 뜻이 그렇다면 당신 마음대로 하세요!

내가 그동안 아들을 지키지 못하고 다시 출산을 하지 못하는 죄인인데, 무슨 할 말이 있겠어요!

그 무렵 일을 하겠다고 젊은 여성이 찾아와 집에서 일을 하고 있었다. 보기에 얌전하고 부지런하기에 마음에 두고 있던 터라 남편이 말했다. 여보, 저 여자를 소실을 두고 씨받이 아들 낳는 것이 어떻겠소!

당신 나한테 죄송하게 생각하지 마시요!

'나는 괜찮으니' 당신 뜻에 따르겠소.

그렇게 하여 한 지붕 밑에서 창호는 두 여자를 거닐게 되었다. 그것이 운명인지 그 여자한테서 태기가 생기고 옥동자를 낳고 연년생으로 아들 형제를 낳았다. 아들 형제는 무럭무럭 잘 자라고 장남 영주는 박치기를 잘하기에 창호는 너는 크면 김일 레슬러 프로 선수처럼 되라며 아버지 이마에 박치기 하면서 자랐다. 두 아들의 재롱을 보면서 우슴 꽃을 피웠다.

돈도 벌고 사업 확장을 하고 동래 집 한 채 또 지어 소실 살림을 따로 내 놓았다. 양자 두기로 마음먹고 집에 와있던 조카를 숙모 도와주고 함께 그곳에 가있으라고 부산동래 집으로 보냈다.

조카 숙모를 도와주고 집잘 보아주게?

"예" 삼촌 걱정하지 마십시오,

조카를 보낸 것은 젊은 여자 혼자서 하숙집을 하고 있기 때문에 사람도 지키고 집도 지키고 일도 도와주라고 보낸 것이었다. 하숙생도 많고 숙모와 조카는 열심히 했다. 그러나 생각과 다르게 생활이 윤택해지면 '말을 타면 종을 두고 싶다는 옛말과' 다르지 않다.

한창 물이 오른 나이에 젊은 여자 혼자 밤을 보내는 것은 외로움과 불타오르는 욕정은 그 누가 막을 수 있겠는가,

조카 오늘 저녁 내방에 와서 심심한데 함께 이야기도 하고 말동무 해 주면 좋겠어요!

작은 숙모 알았어요! 씻고 들어가겠습니다.

조카와 숙모는 연하의 조카이지만 혈기왕성한 20대 중반의 청년으로 힘이 넘쳐 나는 나이에 '불타는 정열'을 감당하기 힘들 때였다.

두 사람은 연탄불 피워놓은 온돌방 따끈따끈한 아랫목 식지 말라고 이불을 펴놓은 곳에 발을 함께 넣고 추위를 달래고 있었다.

서로 발이 닿고 체온이 부드럽고 따듯한 체감을 느끼게 되어 두 사람의 얼굴이 달아오르고 가슴이 방망이질 치듯 콩닥 거린다.

서로 사타구니에 발을 넘고 음부에 발가락으로 문지르는 것은 감질나게 욕정을 솟구치게 했다. 60을 바라보는 남편보다는 혈기 왕성한 남자 그것도 첩을 두고 사는 늙은이보다 성욕이 넘치는 젊은이에 비교할 수 없었다.

자신도 모르게 몸이 아스러지고 음부에서 쏟아지는 물이 팬티를 적시었다. 그러나 숙모와 조카사이라는 것 때문에 참아야 했다.

희중이는 벌떡 일어났다.

"삼촌 왜 그래."

"더 이상은 안 됩니다."

화로불이라도 뒤집어쓰고 나온 것처럼 얼굴이 붉게 달아오르는 것을 밖에 수돗물 트러놓고 얼굴을 씨셨다. 불타는 몸은 조금 가라앉기 시작했다. 그렇게 그날 밤 성욕을 참고 견디었으나 도저히 잠을 잘 수가 없었다. 눈앞에 지난 일들이 스쳐 가고 마음속에 성욕의 불길은 아무도 끌을 수 없는 수렁으로 빠져들고 있었다. 왜 이토록 잠이 안 오지 이리저리 뒤척거리며 밤새도록 뜬눈으로 새웠다. 새벽 일직일어나 마당에 청소를 하고 있었다.

방에서 나오는 숙모 삼촌 잘 잤어요!

숙모도 잘 주무셨어요! 어색한 인사를 서로 나누었다.

그러나 이미 깊어가는 그들의 불윤은 메마른 대지에 단비를 맞고 싹은 이미 트고 있는데 누가 말리거나 막을 사람 아무도 없었다.

아침밥을 준비하여 하숙생들 식사를 끝내다. 모두출근을 하고 집안청소도 끝내고 화장을 했다. 모든 일을 다 하고 나니 피로했다.

연탄불 온돌방 쩔쩔 끓는 아랫목에 누어 밖에 있는 삼촌 방에 들어와 보세요!

숙모 왜 그러세요!

들어오면 알지 않겠나?

방에 들어가면서 무슨 일인데요?

몸살이 날려나, 다리가 쑤시고 어깨도 쑤시니 주물러 주세요!

갑자기 웬일인가요?

나도 모르겠어!

조카는 작은 숙모의 어께를 주무르기 시작 했다.

골고루 주물러 주서요,

아주시원하내요, 다리도 주물러주세요,

예, 알았어요! 좀 더 위에 더 위에 그러다보니 넓적다리 까지 손이 올라가 주물렀다. 자신도 모르게 은밀한 곳까지 손이 들어가 만지게 됐다.

시원하여지는 몸에 경련이 일어나고 그녀는 짜릿한 환상에 취하여 앞
뒤를 가리지 못하고 조카를 부둥켜 않고 나 죽겠어 삼촌 참기 힘들어
죽겠어요. 입술은 조카의 뜨거운 입술에 비벼대며 혀를 빨아 대는 것은
몸이 아스라 지도록 긿어 않았다.

밖에서 아주머니 계서요,

얼굴은 홍당무가 되어 옷깃을 여미고 문을 열고 무슨 일이십니까?

빈방이 있으면 하숙을 하려고 왔습니다.

방 없습니다.

손님을 보내고 나니 한참 열이나 있던 두 사람 욕정은 시들어 졌다.
제수 없게 즐기는 시간에 찾아와 깽판을 치고 간단 말이야, 혼자말로 짓
거리며 방에 들어 왔다.

조카는, 깜짝 놀라 뒷문으로 뛰쳐나가 숨이 턱까지 차오르는 불안감
을 억제 했다.

삼촌에게 들키면 쫓겨나기도 하지만 맞아죽을 판이다. 간땡이가 돌처
럼 크다고 생각했다.

그들은 그날도 넘어서 안 되는 황색 선을 아슬아슬하게 피해가며 외
줄 타는 곡예사처럼 위험한길을 가고 있었다.

밤이 되어 창래는 동래에 있는 집에 무슨 일이라도 있지 않나 싶어서
전차를 타고 동래에 있는 집을 찾아갔다.

그 시절만 해도 동래까지 다니는 전차가 있었고 양옆으로는 미나리
밭과 논으로 시골의 풍광을 보는듯했다.

대문 앞에 들어서면서 여보 나왔소!

당신 왔어요! 늦게 웬일이에요,

집에 먼일이라도 있나 해서 왔소,

퉁명스럽게 무슨 일이 있겠어요, 아무 일 없으니 걱정 노의 세요, 하고 쏘아대듯이 하는 말은 전과는 다르게 자신도 모르게 찾아오는 남편이 싫어졌기 때문이다.

젊은 조카와 불윤의 시발점 정은 다른 사람에게 가 있기 때문이 아닐까, 그날 밤은 창호는 소실 집에서 자기로 했다. 며칠 만에 찾은 첩에 집 씨들 어가는 청춘이지만 하루 밤을 즐기려는 생각이다. 밤이 깊어지자 일을 끝내고 들어오지 무엇하고 있소.

방으로 들어오면서 몸살이 나서 죽겠는데 왜 그러세요! 싫어지는 남편의 육체는 잠자리까지 싫었다. 피곤 한데 왜 그래요, 한 이불속에 누어 더듬어오는 것이 징그럽게도 싫었다. 눈앞에 아롱대는 젊고 탈력 있는 조카 희중이의 모습이 머리에 떠오르기만 했다. 오늘은 피곤하니 잠이나 잡시다.

뿌리치고 거절하는 태도는 전과 달랐다.

몸이 아프다는 핑계는 마음속 정은 다른 사람에게 가있기에 그녀는 남편을 싫어하는 것은 본능적이었다.

하는 수 없지 남편과 떨어져 잠을 자고 아침밥 조카와 함께 먹었다. 마음속으로 예감에 이상하다는 생각이 들었지만, 설마 조카를 잘 보살피라고 집에 두었는데 무슨 일이 있겠는가! 생각했다.

조카 숙모를 도와서 집을 잘 돌봐 주게,

예, 알았습니다. '삼촌'

전차를 타고 집으로 오면서 왠지 불안한 예감이 들었으나 설마 무슨 일이 있을까하는 생각으로 마음을 위로 했다. 전포동에 있는 본가에 돌아왔다.

그러나 고양이보고 생선가계를 지키라는 꼴이 될 줄이야 어찌 알았겠나! 사람은 '만물에 영장'이라 했지만 성욕은 때에 따라 넘어서는 안 될

선을 넘는 사람도 있다.

아침이 되어 하숙생모두 출근하고 아무도 없는 집안에 두 사람 많이 남아 집안일을 끝내고 할 일이 없었다.

삼촌 시장에 함께 가요 반찬거리도사고 영화도 한편보고 올까요? 그러시지요! 두 사람은 함께 서면극장으로 갔다. '이별에 부산 정거장' 프로가 붙어 있었다. 표를 사들고 극장 않은 어두컴컴하고 한적한 자리에 앉았다.

자신들의 처지는 잃어버리고 영화 속 주인공으로 빠져들었다.

김지미 주연 죽도록 선생님을 사랑 합니다. 부산사투리로 사랑을 고백 하는 장면을 보며 어두운 극장 안에 두 사람은 손을 맞잡고 어깨에 기대여 따듯한 체온의 밀애를 하는데 안성마침이었다. 영화의 주인공처럼 그들은 사랑의 밀애를 했다.

가벼운 발걸음으로 집에 돌아와 텅 빈 집 대문을 걸어 잠그고 방에 들어가자마자 그들은 굶주린 늑대처럼 뜨거운 입술을 마주대고 빨았다. 옷을 아무렇게나 벗어 던지고 알몸으로 두 몸이 한 몸 되어 30십대 한참 익은 여성의 꽃에 '호랑나비가 되어' 성욕은 둘이 먹다 하나가 죽어도 모르게 짜릿한 맛에 취해 있었다.

처음으로 테크닉이 왕성한 20대의남자의 욕정에 빠져 거친 숨소리 씩씩 거리는

신음소리 삼촌 처음 느끼는 맛이야, 몸이 녹아내리는 것 같아요,

그렇게도 좋아요 그들은 욕정을 불태웠다.

"한바탕 천둥번개가치고 소낙비 내리고 지나갔다." 그녀는 잠에 골아 떨어져 집안은 정막이 흐를 뿐이었다.

두 남녀는 연상의 여성과 연하의 남자는 사랑이 황폐해가던 사막에 단 비가 내린 듯이 시들어 가던 초원에 활기를 주는 듯 했다. 한번 넘은

불윤의 관계는 시간만 있으면 언재라도 함께 욕정을 불태웠다. 성욕은 계급과 나이와 빈천이 없이 본능에서 오는 관계임으로 그 누구도 사랑에는 국경이 없다고 했다.

인간은 어떻게 보면 '짐승만도 못한' 짓을 할 때가 있다. 개도 주는 놈만 주는데 인간은 제멋대로 마음이 가면 그런 짓을 하는 사람이 있기 때문이다. 그들은 시간만 나면 한번 넘어서는 안 되는 선을 넘었다. 자재할 생각은 못하고 쾌락에 빠져 마음껏 성욕을 즐기며 수렁으로 빠져 들었다. 그러나 '꼬리가 길으면 발핀 다는 속담과 갗이' 오래도록 지속될 수는 없는 법이다.

창호는 조카 행동이 수상하게 생각되어 낮 시간을 이용하여 동래에 있는 집에 가서 대문을 열고 들어가려고 했다. 대문이 웬일인지 안으로 잠겨 있기에 들어갈 수가 없었다. 이리저리 집안을 기웃거리다 담장을 살짝 넘어 숨을 죽이고 살금살금 창문 압까지 가서 집안 동태를 살폈다.

처음에는 아무소리도 들리지 않기에 집을 비워 놓고 외출을 했나 생각하고 있는데, 방안에서 신음소리가 들리기에 창문에 귀를 대고 들었다. 요란스럽게 질퍽거리고 더 새게 해조 엉엉 아이고 이렇게 좋아 정말 최고야 울음소리처럼 쾌락의 충족에서 즐기는 소리가 들리었다.

온몸이 떨리고 분통이 터지는 배신감에 치를 떨면서 현관문을 박차고 들어가 방문을 열어젖혔다. 방에 들어서자 이불을 제쳤다. '실오라기 하나 걸치지 않은 알몸으로' 웅크린 채로 벌벌 떨고 있었다.

머리채를 잡아 제치고 얼굴을 보았다. 더욱 놀라운 것은 집을 잘보고 숙모를 지키라고 갖다놓은 조카였다. 다른 사람도 아닌 조카였기에 자지러지게 놀랐다. '믿은 도기에 발등 찍힌다더니' 이런 수가 있단 말인가, 발길로 두 연놈을 마구차고 손에 잡히는 대로 물건을 들고 마구 때리고 부쉈다.

오래 동안 보살핌을 받은 사람이 "배은망덕하게" 오히려 자기를 보살
펴준 삼촌의 애첩과 간음을 즐기고 있는 현장을 목격했다. 하늘이 무너
지고 땅이 꺼져 내리는 듯 충격에 울분을 참지 못했다.

죽을죄를 지었습니다. 살려주세요! 발가벗은 알몸으로 꿇어앉아서 두
손바닥으로 싹싹 빌며 잘못 했습니다. 그러나 저지를 일들은 그릇에 물
쏟아진 것과 다를 바가 없다.

"짐승보다 못한 것들 인두 컵을 쓰고 이런 모된 짓을 하고도 용서를
구해 개만도 못한 것들 당장 나가라고 소리쳤다."

머리채를 감아쥐고 밖으로 끌어내어 화풀이로 개 패듯이 마구 몽둥이
로 패댔다. 그들은 옷을 들고 압만 가린 채 도망치듯이 대문 밖으로 쫓
겨나가 옷을 입고 어디로인가 사라 졌다.

창호는 그길로 택시를 타고 전포동 본가로 돌아와 집 앞에 가계로 갔
다. 아주머니 소주 한 병 주세요,

소주 여기에 있습니다.

소주마개를 이로 따고 병체로 입에 물고 목구멍에 들어붓듯이 꿀꺽꿀
꺽 마시었다.

사장님 웬일로 안주도 없이 소주를 한꺼번에 마십니까!

화가 치밀어 마시는 겁니다.

그래도 천천히 마서요.

아무 대답도 하지 않고 물마시듯이 마시고 집으로 들어왔다. '여보'
그 못된 년 놈들이 통정을 하다 나에게 들켰어요!

여보 무슨 말이에요 누가누구하고 통정을 했단 말이요?

조카하고 영주 어미하고 붙었어요!

무어라고요, 그 인간들이 미쳤어.

"필사일기"복인은 사람은 악인의 꾀를 쫓지 아니하며 죄인의 길에 서

지 아니하며 오만한 자리에 앉지 아니한다 하였는데 이런 일이 있단 말입니까?

조강지처는 아들은 피난길에 둘이나 잃어 가슴에 묻고 영자, 영복, 애자 삼형제를 낳아 기르며 아들 낳이 못한다고 수탄 구박을 받았다. 남편 핏줄을 받겠다고 첩까지 두고 아들을 낳았다. 그런데 이게 무슨 말입니까?

남편의 뜻을 어기지 못하여 첩을 두었다.

'옛말에' 첩을 두면 돌 부쳐도 돌아 앉는다고 했는데, 아들 목숨을 지키지 못했다는 죄책감에 모진세월과 수모를 참고 견디고 왔다. 그 못된 년이 하필이면 조카와 통정을 했단 말인가. 죽일 년, 놈, 다시는 내 집 문전에 발을 드려 놓지 못한다.

희중이 조카 총각 놈이 숱한 계집이 있는데 하필이면 영주 어미와 붙어 놀아났단 말이야 죽일 연놈 같으니, 남편의 말을 거들어 역정을 냈다. 남편 괴로워하는 마음 조금이라도 위로하여 주고 싶었으나 방법이 없었다. 한편으로는 그동안 첩년한테 빠져 사리 판단도 하지 못하고 미쳐 조강지처는 헌신짝처럼 생각하더니 잘된 일이라고 생각했다.

아이들 형제 낳아놓고 동래에 집을 지어 살림을 내주고 혼자서 아이들 키우는데 온갖 고생 다하였기 때문일까? 질투였을까? 한풀이 넋두리를 했다.

그러나 남편은 매일 화풀이 술을 마시며 취해 세월을 그렇게 보내고 있었다. 내 혈족이 나를 속이고 배신한 생각은 할수록 화가 치밀어 참을 수가 없었다. 매일 술로 살다보니 건강을 지탱할 수가 없었다. 창호는 배가 부르기 시작했고 음식을 먹지 못했다.

여보, 병원에 갑시다. 그래도 남편건강 때문에 그대로만 있을 수는 없어 병원을 찾아 의사의 진단을 받았다.

간암으로 배에 복수가차고 혈당도 생기고 심장도 안 좋다는 병원 의사 진단이다. 더 이상 술을 먹으면 생명이 위험합니다.

처방 약을 지어주며 술과 담배는 절대 금주금연을 해야 합니다. 꼭 지켜야 한다고 당부했다. 며칠은 금주금연을 하고 밥을 조금씩 먹기 시작했다. 그러나 오래 가지 못하고 술 먹고 담배피우지 않으면 치밀어 오르는 화를 견디기 힘들었다.

다시 술 마시고 줄담배를 피우기 시작했다. 그것은 죽음을 재촉 하는 줄 알면서 차라리 그렇게 살다죽으리라 생각했다. 다시 복통이 생기고 병은 깊을 때로 깊어져 고통을 참기가 힘들어 병원을 찾아갔다.

담당의사는 지시에 따르지 않고 술 먹고 담배피우면 생명을 재촉 하는 것을 왜 모르십니까, 금주금연을 해야 하는데 하지 않았기에 말기 간 암으로 소생하기 힘들겠습니다! 집에 가서 편히 쉬고 먹고 싶은 것 마음껏 먹으세요!

가족에게 그렇게 말 하고 일주일분 약을 지어주고 모시고 가라했다. 이제는 죽음 밖에는 없다는 뜻으로 말했다.

전쟁 속에서 그 많은 고생을 하고 수많은 죽을 고비를 넘겼는데 어떻게 첩실과 조카의 불윤 때문에 '천수'를 누리지 못하고 죽음에 이르렀단 말인가, 이재 먹고 살만하게 돈도 벌어 놓았는데 망할 연놈 때문에, 죽는 날만 기다려야 한다는 생각을 하니 통탄스러운 일이다.

순림은 당신을 위하여 내 인생 모든 것을 다 희생 했건만 여우같은 년과 늑대 같은 놈 때문에 남편 병마는 '생사가' 바람 앞에 등불 같은 몸이 되었다. 동래 있는 집을 팔아야 되겠다.

그대로 놔둘 수 없기에 부부는 의논하여 팔기로 하고 복덕방에 팔아 달라고 하였다. 며칠 안 되어 사겠다는 사람이 있어 싸게라도 팔았다. 좋다는 한방약 돈에 치우치지 않고 먹이었다. 생에 애착은 죽음 앞에는 누구나 발버둥치는 최후의 발악이라고 해야 할까?……

그러나 병은 깊을 때로 깊어 가는데 살과 죽음 앞에서는 '인명제천人名祭天'하늘에 따를 뿐이다.

사람은 삶과 죽음 누구나 세상에 왔다. 가는 이치이지만 얼마나 멀리 돌아서 가는 것과 짧은 길을 선택하여 가는 길이 다를 뿐이다.

넘치는 권세와 부를 가지고 세상을 쥐었다 놓았다. 하지만 북만산천으로 떠나 갈 때는 처음 올 때처럼 아무것도 가주고 갈 것이 없다.

인간은 그래도 탐욕에는 빠져든다. 발거 벗고 한세상 왔다가 옷 한 벌이라도 입고 살다 육신까지 버리고 영혼만 가는데, 무엇이 '여한이 있을까마는' 그래도 죽음 앞에 허탈감뿐인데 '간 괴로 남을 음해하는 무너뜨리는 사회' 이들을 볼 때 비통함을 금치 못한다.

한 많은 세상 모든 것을 져버리고 떠나기 직전 가쁜 숨을 몰아쉬며 순림의 손을 꼭 잡고 여보 그동안 당신 고생 많이 시켰소! 죄송하오! 그리고 어린 아이들 남겨두고 당신에게 짐만 되게 했소! 당신 낳은 자식은 안이지만 성장하면 후일 당신 은혜를 갚을 것이니 부탁합니다. 죽으면 외롭지 않게 공원묘원에 묻어 달라는 유언을 하고 운명했다.

그렇게 '파란만장波瀾萬丈한' 생을 마감하고 홀연히 떠났다. 집안은 목이메인 통곡소리 뿐 어린 아이들은 왜서 울고 있는지 아버지가 죽었는지 살았는지 모르는 철부지 들이다. 형제들에게 '부고訃告'로 모두 연락을 하였다.

세상을 떠났다는 말을 듣고 망인의 형제들과 처남 명헌이도 왔다.

와중에 망인의 형은 내용도 모르고 왜죽었습니까? 의문을 제기했다.

망인의 처남 명헌은 매형 죽게 된 그동안의 일들을 자세하게 말해주었다.

자식 잘못 둔 책임 본인에게 있습니다. 사돈 죄송합니다.

이제 죽은 다음 탓하면 무슨 소용이 있겠습니까!

서로 용서와 화해로 장래 절차를 준비하고 있는데 생각지도 못한 망인의 소실로 있던 첩이 소문을 듣고 찾아왔다. 울면서 나도 아들 없는 집에 들어와서 아들 둘씩이나 나주었으니 나에게도 재산을 나누어 달라고 '횡설수설橫說豎說' 하였다.

순림은 간악하고 요망한 년 네가 지금여기가 어디인줄 알고 와서 얼굴에 철판 깔고 '권모술수(權謀術數)로' 말하고 있단 말인가? 세상이 막 돼버렸다 하여도 어찌 부끄러움을 느낄 줄 알아야지. 그리고 양심이 손톱만큼이라도 있는 사람이 되어라 세

상에 못된 인간이다.

그래도 '용비어천가龍飛御天歌'로 떠들어 대고 있는 꼴은 처녀가 아를 나아도 할 말이 있다는 말과 같았다.

듣고 있던 상주들은 그녀를 곧바로 욕설폭탄을 내질렀다. 누구 때문에 죽었는데 재산을 나누어 달라고 하느냐, 당장 나가지 못해 나쁜 년 같으니 천벌이 두렵지 않나 쫓아내자 언제 눈물을 흘렸다는 뜻이 어디로인가 살아지고 말았다.

유언에 따라 부산 공원묘지 따뜻한 양지쪽 무덤에 잠들었다. 짤막한 비문 김창호 묘지라는 작은 비만 지키고 있다.

처와 5남매를 두고 홀연히 저세상으로 한도 끝도 없이 떠나버린 그는 아들에 대한 욕심이었을까, 생애대한 애첩의 탐욕이었을까? "과욕科慾은 필패必敗가되고 말았다."

한때는 첩을 두고 즐거워하던 남편이 얄밉기도 했으나 막상 죽고 나니 마음에 상처뿐이었다. 한 가정에 가장이 쓰러지면 기둥이 쓰러지듯이 주장이 없는 집은 "좌지우지左之右之 하며 갈피를 잡기 힘들었다." 남편이 살아생전에 지나치게 돈과 첩에 미쳐 있기에 미워도 했다. 죽고

나니 생각했던 일들이 가슴 아픈 일뿐 어린 것들과 함께 살아갈 일은 "좌충우돌左衝右突" 사공 잃고 항해하는 뱃길 같았다.

남편 잃은 공백을 메워 가야하는 생활에 소름끼칠 정도로 힘들었다. 무거운 책임감이 강력했기 때문이다. 남편 없는 빈자리 할 일이 이렇게 만타는 것을 느끼게 되었다.

아버지 없는 아이들은 무럭무럭 자라고 고등학교를 다니고 있으나 둘째아들 영식은 학교를 간다 해놓고 불량배 아이들과 어울렸다. 학교를 가지 않고 학교에서는 결손가정 아이라고 낙인 찍혀 사사건건 학교에 문제 학생이라고 했다. 잘못된 일은 영식에게 뒤집어 씌웠다. 단임 선생이 학부모오라고 하여 순림이 학교에 갔다.

남에 배를 빌려 낳은 자식이라도 그녀는 비록 자기가 낳은 자식은 아니지만 낳은 자식과 대등무리하게 키웠다. 순림이 앞에서 선생님 말씀이 가슴에 칼끝으로 찌르듯이 결손 가정 때문이라고 말하여 화가 치밀었다. 선생님도 자식을 기르는 사람 앞길이 천리만리 되는데 입찬 말씀을 하지 마서요, 새끼 많이 낳은 소 멍에 벗을 날이 없다고 했는데, 자식 두고 기르는 사람 남의 말 함부로 하는 것이 아닙니다. 내 배듯이 쏴대고 교무실 문을 나왔다.

선생님은 영식이 어머님 하고 팔을 잡으시며 죄송합니다. 교무실로 들어오시라며 의자를 내놓고 앉으시라고 권했다. 저가 말을 잘못 하였습니다. 이해하시고 요번은 영식이 용서하여 주겠습니다. 다시는 문제 학생이 되지 않게 집에서 인선교육을 잘 시켜주시기 바라겠습니다.

선생님 고맙습니다. 인사를 하고 교무실을 나오는 마음은 서글펐다. 남편 사라 생

전이라면 학교까지 와서 구차하게 자식 때문에 딱한 사정 선생님 찾아다니며 하지 않았을 것이다.

그래도 학교에가 자식대신 잘못했다고 빌은 덕분에 교칙에 따른 처벌을 겨우 면하게 되었다. 생각 하니 '천만 다행'이었다. 낳은 정 보다 키운 정이 많다는 것 때문일까?

집으로 돌아오는 발길은 무겁기만 하고 눈물이 앞을 가리었다. 남편 없는 빈자리 슬픔 교문밖에 주저앉아 이래저래 속상하여 목 놓아 마음 껏 울었다. 아비 없는 자식소리 듣지 않게 키우려했는데 왜 그리도 사고를 치고 다니는지 분통 터지는 가슴은 그 누구도 풀어주지 못했다. 집에 돌아와 영식이 집에 있으면 엄마 방에 오너라! 영식은 방에 들어와 꿇어 앉아다.

학교에 찾아가 엄마 선생님한테 너를 위하여 빌었기에 용서 하여주기로 했다. 앞으로는 아버지 없이 엄마 혼자 사는 것을 생각하고 공부 열심히 해라 부탁한다. 나쁜 아이들과 어울리지 마라 엄마의 소원을 들어다오, 자식 장성해서 잘되기를 바라는 어미의 마음이었다.

어머니 앞으로는 공부도 열심히 하고 나쁜 아이들과 어울리지 않겠습니다. 영식은 엄마 앞에 약속 했다.

그래 고맙다. 너의 장래를 위해 어미가 부탁한다.

그러나 한번 빠져들은 불량배 아이들과의 관계는 냉정하게 해어 나지 못했다. 계속 학교까지 찾아오고 집으로 전화 하는 그들과 다시 만났다. 어머니와 '약속을'

저버리고 아이들과 어울려다. 지나가는 학생을 골목길에 끌고 가서 돈을 뺏고 돈이 없으면 주먹과 발길질을 하였다. 다음날 가져오라 하면 아이들이 겁을 먹고 돈을 갖다 주는 재미에 강도질인 줄도 모르고 친구들과 함께 계속 그런 짓을 했다.

떠돌아다니며 방탕한 생활은 집에 가지 않고 물론 학교도 가지 않았다. 되풀이되는 탈선생활은 나름대로 하루하루가 재미도 있고 즐거웠다.

오래가지 못하고 학생부모가 신고하여 결국 함께 있던 친구모두 경찰에 잡혀 갔다.

"경찰관은 조사를 하면서 주소 성명 전화번호를 말해,"

"물어도 말을 하지 않았다."

요놈들 아직 고등학생이 벌써 나쁜 짓을 하고 다니면 장래가 어떻게 된다는 것은 말하지 않아도 잘 알 것이다.

"아버지 계시는가!

"아무도 말하지 않았다."

이놈들 말 못해 하면서 뺨을 때리며 다그쳤다. 전화번호를 말해봐. 어쩔 수 없이 주소와 전화번호를 말했다.

"경찰관은 집으로 전화를 걸었다."거기가 영식학생 집입니까?

그런데 왜 그러는 기요?

"여기 경찰서입니다."

영식이 어머니 심장이 멎는 기분이다. 또 무슨 짓을 했기에 경찰서에서 전화가 왔을까? 왜 그러십니까?

오시면 알게 되십니다.

불길한 생각으로 택시를 잡아타고 경찰서 형사과를 찾아갔다. 영식이 쪼그리고 앉아 있는데, 어머니께서 경찰관을 보고 죄송합니다. 저가 자식을 잘못 기르고 교육을 잘 못시킨 탓입니다. 용서하여 주십시오! 대신 어머니가 빌고 있는 것을 본 영식이 고개를 숙인 체 할 말이 없다. 어머니와 약속한 일들을 생각하니 죽고 싶도록 자신이 미웠다. 그러나 후회하여도 저질은 잘못은 어쩔 수가 없다.

'강도 폭행죄라고하며' 이제는 용서하여 줄 수가 없다고 했다. 찢어지는 가슴을 억누르고 무거운 걸음으로 집으로 돌아왔다.

경찰조사가 끝나고, 구속 송치되어 검찰에서 다시 조사를 받고 기소

되어 재판을 받고 1년형을 미성년자기에 소년원에서 복역을 했다.

소년원 생활은 서로 다른 죄목이지만 수감생활 소년원 내부에서도 싸움질과 나쁜 일을 서로 가르쳐주고 배웠다. 오히려 오엽 되기 쉬운 수형 생활이다.

영주는 동생과는 다르게 공부도 열심히 하고 어머니의 말 습도 잘 듣고 대학교 재학 중 군에 입대하였다. 통신병과를 졸업하고 통신병으로 근무하다 제대를 했다.

재대하여 혼자 고생하시는 어머니를 생각해서 취직을 하려 했으나 대학은 졸업하여야 된다는 어머니의 권고로 복학을 하여 남은 학업을 마치고 졸업을 하였다. 위로 누나들은 결혼을 하여 가정을 일우고 열심히 살아가고 있었다.

홀로계신 어머니를 생각해서라도 취직을 해야 된다는 생각으로 울산 현대 자동차

공장에 취업을 했다.

동생 영식은 소년원 수감생활 1년 마치고 집에 돌아와 새 출발하기로 마음먹고 어머니께 외항선 항해사 학원에 공부를 하겠습니다. 어머니 그동안 저 때문에 고생 하시였는데 열심히 하여 어머니께 보답하겠습니다.

옛 친구들과 떨어져 살기위하여 배를 타기로 했다 부산에 살다 보면 또 만나게 되기에 열심히 공부한 덕분으로 항해사 자격시험에 합격하고 자격증을 취득했다. 그동안 홀로사시는 어머님의 걱정만 시킨 영식은 외항선 항해사 견습생으로 승선하여 태국 홍콩 중국 등을 간다고 했다.

이제 원하여 뱃사람이 되어 넓은 태평양 바다에서 희망을 키운다는 생각을 하였으니 뜻을 일우기 엄마는 믿는다. 변신한 자식의 생각은 부모는 고마울 뿐이었다.

세상 떠난 남편 제삿날 5남매와 사위들과 함께 공원묘지에 꽃을 사들고 성묘를 갔다. 여보. 이제 당신 없어도 아이들 장성하게 잘 키워 딸들은 결혼도 하고 외손자도 나았고 아들 형제도 취직 했습니다.

가는 세월 황우장사도 잡지 못하기에 세월이약이라고 하더니 모두 잘 키웠지요! 그러나 내 인생 남은 것은 늙어 검은머리 파뿌리 되었고 몸에 병들어 나도 당신 곁으로 따라 갈 날이 얼마 남지 않았소! "인생역경을 생각하고 한없이 울었다."

1959년 9월에 부산 땅에 '사하라태풍이' 상륙하여 '6.25전쟁처럼' 또한 번의 한반도를 할퀴고 갈 때 지붕이 거센 바람에 날아가는 재앙이 있었다. 삶에 애착으로 날아가는 집을 지키려고 남편과 함께 사투를 했던 그때는 "천년만년 살 것 같았다."

그러나 이제 남편도 죽고 모골이 송연하여 살과 죽음 앞에 사후세계에서 "극락왕생 하라했다." 모든 소망 성취 하고 나쁜 업장은 소멸하여 극락세계 연화 가운데 회생하게 해 달라 빌었다. 그렇게 성묘를 하고 오면서 돌계단에 무거운 발길을 멈춰서 돌아보았다.

저 수많은 무덤들 한세상살고 숱한 "구절양장九折羊腸한 인생은 유한有限데 시름은 그지없었을 것이다." 인간 삶은 유한 것 모든 것은 죽음과 만나게 될 것이다. 살아생전 애간장을 놓이더니 저승에 가서 무었을 하고 노닥거리고 있는가요? 당신 떠나고 아이들 대리고 숱한 고생을 다 하고 살아왔는데 혼자 먼저 갔습니까! 공부는 못하지만 지가 해보고 싶은 것 해보게 나두었더니 모두 잘하고 있습니다. 공부가 인생에 전부가 않니 기에 마른 일에 열심히 하고 있으니 다행이라고 혼자 넋두리 했다.

우리에게 주어진 시간이란 아무리 길어도 "영겁永劫앞에는 찰나에 불과하다." 인간의 존엄성 배우고 느끼는 하루가 되어 장성하게 자란 자식들이 되게 보살피고, 그렇게 키웠으나 아는지 모르는지 저이들끼리 히득거린다.

복잡한 시내 살다 공기가 맑고 시원한 공원묘지에 수많은 애환과 사연을 않고 '고택에 잠들어 있는' 그들의 한을 누구인들 알고 있을까?

앞으로 걱정도 적어지리라 생각은 했으나 세상살이 죽기 전까지는 근심걱정을 면치 못하는 것이 인생살이다. 딸들은 혼인을 시켰으나 영주 짝을 지어주지 못해 그 또한 걱정거리다. 순림은 남편 성묘를 하고 돌아오는 발길은 무겁기만 하다. 자식은 품안에 있을 때 자식이지 남편은 죽었으나 따라죽지 못했다

아이들까지 출가하고 직장 따라 모두 떠나고 홀로남아 생활하는 신세가 되었다. 제갈 길을 가버린 아이들 보내고 허허벌판 혼자 남아 멀뚱히 앉아 쳐다보니, 구름 한 점 없는 높고 맑은 푸른 하늘나라 당신은 우리를 내려다보고 있겠지 하고 생각 했다.

하루가 다르게 몸이 쇠약해지고 힘든 것을 아는 순림은 죽기 전에 영주 영식이 짝이라도 지어주고 죽어야 된다는 생각을 했다. 그러나 결혼은 인연으로 맺어지기에 연분이 있어야 할 수 있다. 집신도 짝이 있다는데 언잰가는 결혼할 사람이 있겠지 마냥 기다릴 수 없었다. 여기저기에 장가들게 처녀를 중매하라 부탁했다. 천만다행으로 쉽게 친구의 소계로 선을 보고 양쪽이 좋다하여 한 달 후에 결혼식을 올리었다.

영식은 외항선을 타고 다니다 중국 연변자치부에 조선족 아가시를 알게 되어 동거생활을 하여 형보다 오히려 먼저 아들을 낳았다. 5남매 모두 짝을 지여주고 청춘은 다가버리고 구십이 넘은 고령이 되어 눈도 어둡고 정신마저 희미하게 침에가 오기 시작하였다.

왜 늙어 죽으면 그만이지 병들고 침에까지 와서 사리판단까지 하지 못하게 만들고 대소변도 가리지 못하게 된단 말인가. 인간은 부모의 뱃속에서 나와 누어 기어 다니다. 혈기 왕성한 청춘은 뛰어다니고 살다.

허리가 꾸부러져 지팡이 짚고 곤욕스럽게 살다 병들어 병원 에 누워 죽는 것은 누구나 '사바세계' 올 때와 갈 때가 갔다.

자기 육신까지 모든 것을 버리고 영혼만 오던 길을 되돌아 갈 뿐인데 간괴로 남을 음해하고 탐욕으로 권세와 부를 가지려 한다.

순림은 누구에게나 불교 성전을 베풀었으나 인생 종착역 앞에 쓰러져 있지만 5남매 키우는데 모든 것을 다 바쳤다. 그동안 살아온 "파란만장 波瀾萬丈하고 구구절절句句節節했던 인생 벼랑 끝에 서있다." 그러나 사바세계 떠나기 전 모시겠다고 나설 자식이 없다.

되돌아보면 수없이 많은 질곡 속에서 영겁永劫의 시간 앞에 삶은 꺼져가고 별빛이 진지하고 순수 한 것만큼만 자신의 삶도 그러했다. 그래도 장남인 영주 내외가 직장에서 막벌이하고 있기에 침해노인 시설에 의탁하여 돌보고 있다.

사바세계를 현념하여 아픈 마음 어루만져 낮게 해주려는 자비의 손은 기다리고 있을 뿐이다.

인간세계와 인연이 끊어지는 여해 같은 사람이야말로 깨달음의 세계 이승의 번뇌를 허탈하여 열반해야하지만 인명은 뜻대로 되지 않는 것이 "운명運命 인가한다."

침해시설 생활역시 힘들기는 마찬가지다. 모두 정신이 온전치 못한 사람들끼리 모여 산다는 것 자체가 똑같은 처지이기 때문이다.

옛날 같으면 자식은 효를 중요시 하였는데 "충과 忠果 효孝는 멀어져 가고 있다." 낳고 키운 모정 태산 같은 은혜 갚을 길이 없다고 했다. 자식은 또 낳으면 되고 부부는 사별하면 또 얻으면 되지만 "하늘같은 부모님 세상 떠나시면 다시 오지 않는다고 했다."

현실은 그렇지 못한 시대 문물에 밀려 사회의 효는 오히려 멀어져 가고 있기에 가정교육과 학교 교육 충과 효를 중요시 하는 "인성교육 피로 할 때다." 우리 것을 모르고 언어까지 제대로 쓰지 않고 있다. 외래어도 중요하지만 내 것을 모르고 남에 것에 치우친다면 위대한 한글은 "세종대왕께서 훈민정음을 창제하신 업적은 생각지 못하고 있다." 외래어에 잘 알지도 못하는 단어를 쓰고 있다. 내나라 말과 글은 잊어버리는 행동은 조국은 뿌리까지 흔들리게 된다. 뿌리가 흔들린다면 모든 것을 포기하는 것과 다를 바가 없다.

옛날에는 밖에서 부모가 죽으면 객사라 하여 위독하시면 집에 모셔다 자기 집 안방 아름 목에 모셔 놓고, 자식들이 모두모여 운명하는 것을 보는 자식이 효자라 했다. 아버지가 돌아가시면 삼배로 만든 굴건제복을 입고 대나무 지팡이를 짚는다. 어머니가 돌아가시면 미루나무 지팡이를 짚는 것은 뜻이 있다. 남자는 대나무와 같이 한번 잘리면 살지 못하지만, 여자는 미루나무처럼 잘라서 아무 곳이나 꽂아 놓으면 산다는 뜻이 있기에 지팡이를 그렇게 짚고 상주들이 곡을 하였다.

지금은 집에서 운명하기 전 까끄라기 같이 야윈 "부모를 병원에 입원시켜 놓고 세상 떠나시면 장래를 병원이나 장래식장에서 치르게 된다." 장래 문화도 이렇게 바뀌고 있다.

명예와 권세 부를 가진 사람일수록 부모 죽기 전에는 찾아보지 않는 현실 앞에 그것도 다행한 일이라 한다. 일부 인사들은 늙고 병들은 '부모를' 길거리에 버리거나 양로원에 맡겨놓고 두 번 다시 찾아오지 않고 요양비 까지 주지 않는 현대판 고려장이 되었다.

강박한 사회는 병들어가고 황금만년 주의에 찌들어 가는 현실 노인들에게는 "황금 같은 청춘을 자식위해 손발이 부르트도록 온갖 정성을 다 바쳤건만," 이재 부모를 외면하는 비참한 시대 효는 잊어가고 있다.

지나 날들 자식이라면 모든 것은 서로의 빈자리를 채워 왔는데 그것은 천륜天倫을 만들어 간다고 굳건히 믿으며 살아왔다. 남은 인생은 뼈만 앙상하게 남아 죽을 날을 기다리고 있는 미라일 뿐이다.

인생은 허무하고 자신의 연륜과 함께 퇴색되어 괴롭고 쓰라렸던 세월 악령처럼 그늘을 드리우며 따라다녔다. 육신마저 버리고 아무것도 가지고 갈 것도 없는데 왜

그리도 발버둥치고 살아야 했을까? 부모는 자식들의 효를 기대하고 살았다. 그러나

자식들은 부모의 재산이 많으면 얼마나 자기 목 유산 때문에 형제간에 싸움질을 하고 있다.

인간이 삶으면 얼마나 산단 말인가 정치는 정치인들이 잘해주면 백성들 조용하고 성숙한 모습의 정치를 보고 싶어 한다. 사상과 이념보다' 풍요로운 삶을 누리고 평화롭게 살아가는 것이 국민들의 바램이다.

23 침해 요양원에서 청문회를 보면서

TV에서 국무위원 청문회를 보고 있었다. 나라 일을 보는데 백성부터 보살펴야 되는데 백성에게 피해를 준다면 어찌 정치를 하겠나! 그 또한 탐욕으로 부정부패로 생기는 도적질은 생각지 못하고, 청문회자리에 변명으로 일괄하는 일이 비일비재 하다.

권세를 한번 손에 쥐고 맛을 들이면 한도 끝도 없이 미련이 남아 또 하려하는 정치인들 국민을 위하고 나라를 위하여 일하겠다던 약속 까맣게 잊어버리고 있다. 개구리 올챙이 시절을 생각지 못하는 정치인들 파당과 당정에 따라 진흙탕 싸움질만하고 있다.

강물에 돌을 던진다 해도 강물은 유유히 흚어가는데 국정을 놓고 소수당이 국민의 신판으로 의석을 적게 가졌다면 국회법에 따라야한다. 다수결 원칙은 입법부가 만든 국회법이라 생각된다.

그런데 선진화 법을 개정하여 소수당이 반대하면 아무것도 못한다. 어떠한 단체나, 모임도 다수결 원칙인데 국회가 식물 국회로 만들어 놓고 있다. 운동경기도 루를 따라 신판 판정에 따르는데 국회가 반칙을 한다면 과연 국민은 법을 지키겠는가! 물이 급하게 흐르면 벼랑을 만난다.

진보가 무엇이며 보수가 무엇이기에 백성들의 뜻은 외면하고 소수가 국민전체 의중을 논하고 있는지 모르겠다. 내 허물을 알고 반드시 고치는 어리석은 중생의 꿈에서 깨어나 지혜로운 삶을 살아야한다. 순리와 도리를 따름은 하늘이 정한 약속이다.

사람들은 어찌하여 행하지 않고 망념 된 것만 가득하다. "사필귀정事必歸正" 뜻이 올바르면 하늘이 도울 것이며 올바르지 못하고 국민을 우롱하면 천벌을 면치 못한다.

잘못된 일을 놓고 국정을 논한다면 손바닥으로 강물을 막을 수는 없다. 막으면 더 큰 물을 만들어 둑을 무너뜨리고 기둥과 뿌리를 송두리째 뽑아 놓고 훑어가게 된다. 모든 것은 순리를 따라가야 한다. 세도란 하루아침에 무너질 수 있으며 고목이 벼락 맞듯 한다.

국정과 법을 관장하는 국무위원들이 국회청문회서 언간생심으로 얻은 권세로 북귀영화를 얻고도 나라 돈을 훔쳤다면 '견불생심으로' 그 죄가 크지만 변명으로 일괄하는 태도 국민들의 가슴 아프게 하고 있다. 하무는 시비 롱인데 만물의 영장사람이다. 그러나 한치 앞을 내다보지 못하는 인간 탐욕은 끝이 없다.

공직자가 두 곳에 월급을 받고도 모회사에서 그냥 주는 돈이라 했다. 한꺼번에 받지 않고 12달 나누어 받았을 뿐이라고 한다. 회사지출 명세서 기록은 고문 보수로 되어있다. 무보수로 받았다면 뇌물이 될 것이며 봉급으로 받았다면 이중 직업을 갔었다. 그리고도 '청명결백하게' 살아왔다고 자부하는 공직후보자는 명문대 총장으로 제직했다.

양자로 입적하여 국민사대의무 군대 입대는 다른 사람은 3년을 복무해야하지만 불과 6개월 방위근무도 미국유학을 핑계로 연기했다. 박사과정을 이수(履修)하고 32세 고령이라는 꼬리표를 붙여 면제 받고도 총리직을 수행 하겠다고 하였다.

공원묘지 죽은 사람들은 저만은 무덤에' 핑계 없는 무덤이 없다고 하는 것과 다르지 않다. 결백을 주장하기 전에 잘못된 점은 국민에게 용서를 구하는 것이 공직자의 도리다. 변명으로 일괄하는 태도는 '양심을 버리고' 또 다른 비리를 저질을 수 있다.

용돈을 어떤 사람은 적게는 만원부터 많게는 백만 원은 이해가 가지만 천만 원을 용돈으로 받았다고 하니 인간용돈 '천차만별이다.'

하위직 공무원 떡값으로 몇 십만 원 받고 중징계를 받았다. 사회 지도층 부정부패가 빙산에 일각이라 했는데 일류대학 총장도 그렇게 해도 괜찮는지 묻고 싶다. 그러나 취임10개월 만에 총리는 사퇴 담화를 통해 당초 제가 생각했던 일들을 10개월이란 너무 짧았고 우리나라 정치 지형은 너무 짧았다 면서 아쉬움과 자책감을 뒤로 한 채 모든 책임과 허물을 짊어지고 이제 총리자리를 떠나고자한다고 했다.

세종시를 비롯한 만은 일들을 펴보고 싶었던 일이지만, 어느 것 하나 손을 대지도 이루어놓지도 못하고 물러나게 됐다. 세종시를 수정안을 들고 들어왔던 총리는 수정의 좌절과 함께 사실상 사퇴를 해야 했다.

39명의 역대 총리 가운데 국정에 이렇다 할 자취를 남긴 사람이 거의 없는 것은 사실이다. 총리 중에서도 전 정권에서 세종시를 국회에서 결정된 일을 변경하고자 했던 일이 국회에서 부결되었다. 더 큰 오점을 남겨 처음부터 변명을 일괄하던 총리는 끝까지 변명으로 끝을 마무리 하게 되었다. 순리를 따라야지 역과 탐욕은 "경적필패輕敵必敗를 한다."법은 만백성 공정해야 한다.

공평치 못한 우리의 현실 개탄스러운 목소리로 요즘의 세태에 대한 정치인 법관들의 시비에 비판으로 번져가고 있다. 부와 권력을 가진 경제인과 정치인들의 죄에 대해서는 너무 나도 쉽게 면죄부가 주어지는 모습에 "유전무죄무전유죄" 실감하게 한다.

순림은 95년의 세월을 뒤돌아보았다. 건국이래, 탐욕과 권세를 위하여 파당정치 반목으로 일괄하여 나라와 백성은 왜면하고 있었다. 결국은 외세 침공을 막지 못하여 왕실과 백성들은 얼마나 많은 시련과 고초를 겪어야 했는가, 독립운동 의병들은 조국을 위해 전쟁터에서 죽고 일본 헌병들에 가진 고문에 목숨을 "초계와 같이 버렸다." 국력이 쇠약하여 나라를 송두리째 일본에 빼앗기고, 백성들은 노역장 여자는 정신대 끌려가 일본군의 성노에가 되었다.

일본은 태평양전쟁에 패망하고 광복은 되었으나, 조국에 돌아오지 못하고 삶을 마감하고 죽은 유해 수 만기가 일본에 있으며 조국에 안치되지 못하고 있다.

동족상잔의 6.25전쟁은 이념과 사상의 갈등에서 죽고 죽이는 반복된 일로 유해가 땅속에 어디인가 묻혀 있다. 이산가족으로 17만4천명이 부모형제와 헤어져 살아왔다. 반세기가 넘어 10대 소년에서 70고령으로 금강산 면회소에서 상봉했다. 이산가족이 만나 부둥켜 않고 눈물을 흘리는 분단의 아픔이다.

그러나 짧은 3일의제회 끝내고 버스를 타고 떠나는 가족에게 손을 흔들며 다시 만날 기약 없어 안타까워 오열하고 있었다. 망국의 초심 위해 만들어진 군사력이 과도하게 팽창하여 분쟁은 통일된 국가를 달성하지 못함이다.

이모든 비극의 시발점은 일본 이등방문, 이도 히로부미가 있었다. 을사조약을 강제로 체결하여 1905년 초대조선 통감으로 우리나라 오게 되어 국권을 침탈했다. 1909년 하얼빈에서 조국을 위하여 안준근 의사의 권총에 피살되었다. 그 자리에 체포되어 옥중에 왜놈들에게 5개월 만에 32세의 짧은 인생으로 사형이 집행되었다.

나라를 송두리 체 빼앗고 태평양전쟁에 일본이 천벌을 받아 연합군에 패망 했다. 일본 땅을 두 토막으로 쪼개 놓아야 하는데 한반도를 남과 북 38선을 만들어놓아 이산에 아픔을 만들었다. 이모든 것이 국력이 쇠약하여 일본식민지기 때문에 3.8선이 생겨 동족상잔의 6.25 전쟁 일어나게 된 계기 되었다.

고종 때 자주국력 부강한 나라는 만들지 않고 대원군의 쇄도정치에 청국의 지배를 견제하기 위하여 인현왕후 민비는 일본을 이용하려했다. 그러나 일본인들에게 살육되고 시신마저 불태워 은폐하려 했던 치욕의 역사를 정치인들은 생각지 못하고 있다.

건국한 후 초대 이승만 대통령부터 17대 이명박 대통령까지 역사의 격동기를 겪은 순림은 95세가 넘어 100세를 바라보는 고령이 되었다. 지난 삶 "파란만장(波瀾萬丈)한" 여자의 일대기를 살아왔다.

우리나라 건국 후 수만은 일들 알 수가 없는 것이 "흥망성쇠라는 생각이 가슴을 후벼 팠다." 보고 듣고 몸으로 체험했다. 그러나 모진세파에는 굴하지 않고 살아 왔지만 가는 세월은 막지 못했다.

이제 "질곡의 세월 무게에 짓눌려 허물어져 내려않은 숭고한 삶에 숨결만 남아 퇴색되어가는 세월에 약속 죽음이 옥죄어 지기에 야속할 뿐이다."

희뿌옇게 바래지고 있는 일들이지만 나라를 걱정하고 사랑하는 마음은 변하지 않고 비통한 역사를 다른 환자들에게 말해주고 있다.

지금도 크게는 국가 작게는 지자체가 자립으로 키우고 이루어 나가야 하는데 멀리보지는 않고 앞만 보고 "임시방편으로 하는 정치 예나 지금이나 다르지 않다." 남에 것에 의존하여 해결하려한다면 모든 것을 뿌리체로 흔들리고 뽑힌다는 것을 모르고 있다.

이모든 사고방식은 손톱 밑에 가시 박힌 것은 알아도 염통 밑에 쉬슨 것을 모르는 속답과 갔다. 이런 맥락이 지금까지도 우리사회에 뿌리 깊게 박힌 병폐다.

친북세력 단압 안 되는 이념이 불러온 망국에서 비쳐진 일들과 갔다. 고령으로 가족을 죽기 전에 만나기 위해 여러 번 이산가족 면회 신청했으나 명단에 번번이 탈락되자 지하철 전동차에 뛰어들어 자살하는 일까지 생겼다.

모든 것이 민족의 비극이며 "이념의 반목에서 만든 일들이다." 지난 정권 '통치권자들은' 북한에 경제지원 "햇볕정책을" 통해 북한에 70억 불(8조4억)을 지원했다. 북한의 경제는 달라진 것이 없다. 북한 2년 예산의 금액이다. 납북가족 군군포로들의 생사는 논이 조차 하지 않고 북한에 비위 마치는데 급급해 유명무실有名無實했다.

결론은 북한에 경제적 지원은 인도적 차원에 사용하지 않고 핵무기 만드는데 사용하여 핵무장으로 대한민국과 이웃나라를 위협하고 있다. 유엔 핵확산 금지규정을 위반하고도 전쟁도 불사한다는 엄포를 하고 있다. 비록 이념과 사상이 다르다하여도 혈육의 정마저 끊고 있다.

통일은 하지 못 해도 체재를 보장하고 경제협력과, 핵무기폐기 이산의 아픔을 풀어주는 제량이 피로 할 때다. '독불장군은 자고로 없다.'독선과 독제는 폐망의 길로 갈뿐이다. 세계가 평화를 추구하고 있는데 아직도 철에 장막을 쳐놓고 핵무기를 만들어 힘을 겨루는 것보다, 폐기하고 국민의 안위와 경제 대국으로 함께 남과 북이 함께 가기를 병든 고령이지만 바란다.

역사는 시대마다 달라졌다. 사회주의 역사는 계곡 터널을 빠져나와 자본주의 사회로 세계는 가고 있는 추세다. 북한은 인도의 길을 뿌리치고 고집에 치우치기 때문에 북한 백성 생활고에 병들어가고 있다. 사회는 옳고 잘못된 것이 분명한데 표현의 자유라는 것 때문에 내 것마저 올바르게 쓰지 않는 현실 가슴이 무거울 뿐이다.

수직적인 것이 아니라 수평적인 말을 사용하는 것이 평등한 사회를 만들고 벽이 없는 사회를 만들어간다.

이웃나라 중국 일본은 하루가 다르게 경제성장을 하고 있는데 북한은 전쟁에 혈안이 되어 있다. 소모되는 국방비를 절감하고 첨단과학에 지원 개발한다면 경제 강국으로 가는 길이 빨라질 것이다. 또한 정치인도 자숙하여 국민을 위한 정치와 반목에서 화합되고 성숙된 정치를 국민에게 보여주기 바란다.

인간의 "도덕적 윤리나 양심" 어기고 남에게 피해를 주는 악은 끝이 없다. 정의롭고 선한존재들은 힘들고 어려움은 있다, 해도 후일에는 행복한 일이 있기 마련이다. 바로 이것이 악한일은 끝이 없어도 선은 끝이 있다.

권세와 돈이 아무리 많아도 자기 마음에 들지 않는다면 불행한 것이다. 그러나 하루새끼 먹고 건강하고 웃음꽃이 피는 생활은 행복한 가정이다. 사람은 진정한 삶에 뜻을 알지 못하고 적은 그릇에 많이 담으려는 탐욕 때문에 행복이 깨어진다.

백세를 다 살아온 그동안의 삶에 체험으로 과연 인간은 옳고 잘못된 점을 구별치 못하고 자신만의 주장으로 살아가는 사람 수없이 많이 보았다. 그러나 자신을 나추고 상대를 존경하는 그 뜻은 세심히 살피는 제량은 독선을 하지 않는다.

오늘의 사회 나아니면 안 된다는 생각으로 자신 밖에 모르는 현실은 착각하고 있다. 더불어 살아가는 사회를 만드는 것은 벽이 없는 평등하고 화합된 세상에서 아우러져 함께 살아가야 된다.

때로는 내주장이 옳다 하더라도 상대의 말을 경청하는 자세가 피로하다. 서로 존중하고 기탄없이 토론한다면 서로의 벽을 허물고 화합된 정치사회를 만들어 가는데 도움이 되리라 생각한다.

한반도 외세의 침략으로 치욕의 역사가 되풀 이 되어서는 안 된다. 그로인하여 남과 북으로 갈라놓았다. 이념으로 동족상잔의 전쟁은 인간이 만들어내어 죽고 죽이는 살상의 아픈 과거사다. 재앙의 황무지에서 자연은 푸른 숲으로 다시 태어나 끈질긴 생명력은 지난 과거를 감췄다.

인간은 그렇지 못하고 상혼의 아픔은 철없는 소년에서 황혼이 되었다. 남은 삶 마음 놓고 언제라도 서로 상봉할 수 있는 남과 북이 되기를 바란다. 이념의 굴래서 파란만장하게 살아가는 순림의 일대기에 수만은 정치와 사회가 표출 된 삶 일제강점기에서부터 자본주의와 사회주의를 넘나들은 그녀의 일대기를 표출했다.

2 4 100년 전 치욕의 역사

　우리역사에 뼈아픈 정치사에 치욕을 남겼던 100년 전 우리나라 조선은 국권을 일제침탈에 신민지가 되었고 혹독한 강점기를 겪었다.

　침탈당한지 36년 후 8월15일 광복이 되어 새로운 국가를 출범시켰다. 해방정국에서 자본주의와 사회주의 가운데서 어떤 체제를 선택할 것인가는 이후 발전에서 결정적으로 중요했다. 그 와중에 한반도는 이념의 갈림길에 남과 북으로 갈라졌다. 남쪽에는 이승만 정권 자유민주주의를 선택했다. 북쪽에는 사회주의아래 김일성 정권 인민공화국이 설립됐다 당시의 남과 북은 어느 쪽의 사상이 나을 것인지 만은 기대를 받았지만 실망시킨 것은 북한을 들 수가 있다.

　그들과 비교해보면 우리가 이룬 것이 얼마나 대단한지 명쾌하게 들어났다. 북한은 김일성과 김정일의 김정은 3대 세습화는 적극적으로 추진했다. 세 사람의 망령을 떨쳐버리고 시장경제와 세계화를 적극추진하기 시작했으면 빈곤 율이 매년 감소되고 경제도약을 했을 것이다.

　대한민국의 초대지도자들은 정치적 민주주의와 자본주의 정착을 위해 오히려 권위주의에 기댄다는 자가당착에 빠졌고, 미국원조에 전적으로 의존해야 했던 열악한 생활에서, 추진한 수입대체 공화국으로 큰 성공을 거두지는 못했지만 결과적으로 볼 때 반세기 가까이 북한은 경제에 족쇄를 채워 김일성과 김정일보다 나은 지도자였다.

　한국이 북한경제에서 보듯이 국가 만들기에 민주주의. 경제발전. 주권 수호사회 통합을 '동시에' 이루는 것은 거의불가능하다. 이승만과 박정이 대통령은 대표되는 한국의 국가 건설 자들은, 주권수호와 경제계발을 우선과제로 삼고 민주주의는 후순위에 두고 결정을 내렸다.

그 와중에 상당한 폭력과 희생이 따라지만 우리는 절대 빈곤을 탈출했을 뿐만 아니라 합목적 산업 량을 거쳐 압축적 민주화까지 이루었으며 앞으로는 진정한 사회통합을 만들어 내는 것이 관심으로 남아있다.

사회주의와 민주주의 차별성은 경제성장에서 시장원리에 차이가 있다. 값비싼 대가를 치른 대한민국은 세계경제성장 10대국에 속하는 경제도약 국으로 계속발전하고 있다. 그러나 북한은 공산이념에 3대 세습 체제 김씨 왕조를 만들기 위하여 혈안이 되어있다.

김정일이 죽고 김정은 권력 체제를 만들기 위하여 김일성 주석을 "빼닮았다"하여 우상화시켜 하루아침에 김정은 대장 칭호를 부처주고 국방위 부위원장 요직을 주었다. 북한 현실은 백성들의 억압과 굶주림에 해어나지 못하고 있다.

인도역시 우리보다. 1년 전에 대영제국으로부터 독립을 했다. 1947년8월15일. 인도는 엄청난 크기의 땅과 "찬란한 문화유산"뿐만 아니라 위대한 지도자 간디를 배출했다는 사실 때문에 당시 세계로부터 주목을 받았다.

간디는 광적인 힌두교도청년의 총성에 사라졌지만 그를 잇는 "카리스마적" 지도자로 내루가 있었다. 네루는 자신을 인도를 통치하는 마지막 영국인 이라고 표현할 정도로 기질과 정신에서 자유주의자였지만, 젊은 시절의 혈기에 받아들인 사회주의를 포기하지 못한 채 자유주의와, 사회주의 사이에 어정쩡하게 서 있었다. 그는 정
치적 민주주의를 지탱하면서도 경제적으로는 소련식 '통제경제'를 도입하고 민간부문의 활력을 억눌렀다.

인도 경제 후진성은 네루유산성이라는 것이 오늘날의 전통해석이다. 간디도 경제발전에 도움은커녕 해를 끼쳤다. 물레로 대표되는 '촌락경제'를 선호한 간디의 유산을 인도인들에게 근대화를 "악(惡)"으로 바라보는 정서를 남겼던 것이다. 인도는 1990년대 초에 두 사람의 망령을 떨쳐버리고, 시장경제와 세계화를 적극적으로 추진하기 시작했다. 덕분에 한때 50%에 육박하던 빈곤 율이 매년 감소되고 있다.

자본주의와 사회주의 차이는 북한, 인도를 표본적으로 볼 수가 있다. 그럼에도 우리사회에 아직도 공산주의를 지지하는 친북세력이 있다는 것은 대한민국 국민으로 참담하게 생각된다.

한상렬 목사는 불법 입북하여 김일성 김정일 찬양하는 발언을 하고 판문점을 통하여 남한으로 돌아왔다. 국가와 국민을 위하는 길이 무엇인가를 다시 한 번 심도 있게 생각해야한다.

김정일은 살아 '고소공포高所恐怖증' 때문에 특별열차로 5.000Km 대장정을 했다. 비행기로 가면 짧은 시간 중국을 방문하여 경제성장 하는 중국을 배우고 식량을 구걸하러 갔다. 같은 민족끼리 '사상과 이념을' 떠나, 핵무기를 포기하고 천안함 폭침과 연평도 포격을 사과하면 대한민국 정부에서 남아도는 쌀 지원 할 것이다.

김정일은 건강이 안조와 얼굴은 살아있는 미라로 변해가고 있었다. 선과 악을 구별해야지 '탐욕은 필패'다. 빈손으로 왔다 빈손으로 갈것이다. 왕조시대는 세계가 끝나고 있다. 독제로 3대 세습체제 때문에 애꿎은 북한동포 '기아선상飢餓線上'에서 헤어나지 못했다. 배불리 먹이고 갈망하는 자유를 주고 경제 성장 이루어 남과 북이 평화통일 일우기 바란다. 그러나 김정일은 건강도 안조우면서 대장정 열차로 다니다. 결국 열차에서에 수만은 사람들의 한을 풀어주지 못하고 72세의 일기를 마감했다.

순림은 그래도 현실정치와 시대의 아픈 상처 갈등 자신의 그만은 연륜과 함께 퇴색되어 가슴 아린 세월 악령처럼 그늘을 드리우며 따라 다녔다. 까끄라기 같이 야윈 몸으로 일본 놈 싫어, 공산당 싫어. 정치인들 싸움질 하지 말고. 미국 믿지 말고 소련에 속지 말고 중국. 일본 일어선다. 조선사람 정신 차려 하고 뇌까리지만 가슴에 맺힌 어혈이 풀릴 수 없다. 100세가 되어가는 고령으로 모진 그녀의 목숨은 침에의 쇠사슬에 묶여 헤어나지 못하고 삶과 죽음을 넘나들고 있다.

25 도희의 40년 잊어버린 남편과 아들

명헌은 40년 잊어버리고 한 여자에게 사랑에 빚을 지고도 모르고 "올 곧게 40년의 세월을 살아왔다." 그런데 꿈에도 생각지 못했던 일이 생겼다. 집필한 원고를 컴퓨터 파일에 보관하기위해 워드를 치고 있었다. 인 터넷 전화벨이 울렸다. 전화기를 들고 "여보세요." 정명헌 시인입니까? "네" 그렇습니다. 안녕하세요, 40년 전 김도희입니다.

나는 그 목소리에 몸이 굳어지고 숨이 막히는 듯이 옥죄어졌다. 떨리 는 목소리로 "어떻게 저의 전화번호를 알았습니까?" "컴퓨터 인터넷 정 명헌 으로 검색을 했습니다." 선생님의 시집보고 깜짝 놀라 인터넷 주문 하여 택배로 받아보았습니다. 시집을 보고 메일과 인터넷 전화번호를 알고 전화 했습니다. 반갑습니다.

나는 대학 광산과를 전공하고 졸업했다. 경북문경에 있는 광산 초임 체굴 작업장 감독으로 취업을 하였다. 6.70년대는 난방과 취사용으로 석 탄에 의존 하였다. '우리나라 경제도 광산에서 체굴 한 석탄 산업이 경 제에 중추적 역할을 할 때였다.'나는 8시간 3교대 근무를 하고 남은 시 간을 이용하여 "국기원 태권도 공인4단"으로 도장을 했다. 체육관 유리 창 밖에서 처음 보는 태권도이기에 구경하는 사람들이 많았다.

유난히 눈빛이 반짝이는 흰 칼라 검은 교복에 양 갈래 머리에 '여고 3학년 학생이었다.' 수련생들과 사범인 나를 번갈아 보고 있었다. 가을 이 되어 초등학교 운동회가 있었다. 체육관에서 태권도 시범을 보여주기로 하였다.

사범인 나는 태권도를 하지만 차력도 하기에 수련생들 중 유단자는 기왓장 열장 정권으로 깨고 붉은 벽돌 두 장을 수도로 깨었다. 사범인 나는 작두날에 맨발로 올라서 양 팔뚝에 자전거 살로 만든 쇠꼬챙이로 꽂아 놓고, 물이든 물통을 쇠꼬챙이에 걸고 학생 한명을 입으로 물고 들어 올리는 차력술을 보였다.

상의 도복을 벗고 배에다 작두날을 대고 "기압소리가" 앗…… '하고 정신 집중을 한다.' 그때 야구방망이로 작두 등을 내려치는 것을 세 번 반복하였다. 세 번째는 앗 하고 허리를 굽히며 배가 작두날에 베어진 것처럼 관중을 놀라게 했다. 그때 관중석 학생이 그 장면을 보고 기절 했다. 사람들이 업고 병원으로 달려가고 있었다. 체육관 유리창 밖에서 구경하던 학생 이였다.

나는 시범경기가 끝나고 병원을 찾아갔다. 입원실 문을 열고 들어가면서 괜찮습니까? 학생은 방긋이 웃으면서 "저는 심장이 약해서 쓰러졌어요!" 죄송합니다. "걱정을 끼쳐서," "괜찮다니 다행입니다."그 후부터 오빠라고 부르며 공휴일 되면 만나서 식사도하고 산책 하며 즐거운 시간을 보냈다.

도희는 졸업을 하고 진학은 하지 않고 4-H 새마을 운동 일을 했다. 그녀와 삼복더위에 남의눈을 피하여 산골짝을 찾아 갔다. 무성한 숲은 하늘을 가리고 맑은 물은 계곡 따라 흐르고 있었다. 명주실타래 같이 풀어져 쏟아지는 작은 폭포수아래 용소를 만들어 놓았다. 물에 발을 담구고 더위를 시켰다. 그녀는"오빠를 사랑한다며 내목을 끌어않는 것이 어린 아이 같았다." 나도 사랑한다고 했다. 갑자기 '천둥번개가 치며 소낙비가 쏟아졌다.' 우리는 옷이 젖기에 옷을 벗어 바위 밑에 두고 서로 '부둥켜안고 비를 맞았다.' 서로 따뜻한 체온은 사랑을 두텁게 했다. 우리는 3

년이라는 세월 속에서 수없이 만나 연애를 했다.

나에게는 보안 자격증과 화약면허증을 가지고 있기에 스카우트 제의가 왔다. 광산은 자격증소지자가 있어야 되기에 소꼬리보다, 닭 머리리가 낫다고 생각하였다. 상주 하동에 있는 광산소장으로 갔다. 업무가 많아 도희 하고 연락이 두절되었다. 지금 같으면 스마트폰 휴대전화가 있지만 그 시절에는 연락할 통신은 일반 전화밖에 없었다. 서로 연락도 없고 도희를 까마득히 잊어버리고 오직 현장 일에만 열중熱中 했다.

내가 그녀를 생각하고 문경을 2년 후 찾아갔다. 그때는 나를 기다리다, 소식이 없어 서울로 상경하고 없었다. 허전한 마음으로 돌아오는 길은 내가 너무 무정하게 찾아보지 않은 죄인 같은 생각이 들었다. 그 후에 나는 직장에 열중하고 살았다.

40년 후 그녀가 나에게 전화가 와서 병원 예약한날 강남고속 터미널에서 만나기로 했다. 2시간40분만에 강남터미널에 도착을 했다. 40년의 세월은 10년이면 산천이 변한다고 했는데 네 번이나 변했다. 그녀의 모습이 얼마나 변했고 내 자신도 고희古稀를 넘은 황혼이 되었다.

서로 얼굴을 잊어버린 처지라 휴대전화를 하면서 찾았다. 앞에 두고 "어디에 있느냐고 전화로 물었다." "여기에 있다고 하는 것은 전화기를 들고 말하는 것을 보고 알았다." "오랜만입니다." "그렇습니다," 40년 세월은 흘러갔지만 60대 후반 아직은 40년 전 모습이 지금도 흐리게 남아 있었다.

그녀의 차를 타고 병원으로 가서 진료를 받았다. 야외 드라이브를 행주산성으로 갔다. 임진왜란 때 왜적과 싸우며 부녀자들이 행주치마에 돌을 담아 왔다하여 붙여진 성곽의 이름이다. 웅장하게 만든 성곽에서는 왜적과 싸우는 함성의 소리가 지금도 낙엽 지게 하는 바람소리와 함께 들리 는 듯 했다.

그녀는 나를 기다리다 소식이 없기에 자기를 버렸다고 생각했다. 그러나 몸이 무거워지고 매월 있던 꽃이 피지 않기에 임신했다는 것을 알게 되었다. 시골이라 미혼녀가 임신했다면 소문 때문에 그곳에 살수가 없었다.

무작정 도희는 서울로 올라와, 직장을 구하려고 지하 방 한 칸을 얻었다. 천계천은 광산촌을 연상케 하는 따닥따닥 붙은 작은 봉제공장들이 많았다. 하루 보통 12시간 일하고 월 2만원을 받았다.

배는 하루가 멀다하게 불러오고 해산할 날이 가깝다는 것을 직감했다. 그렇다고 일은 안할 수 가 없었다. 야간작업 중에 배가 뒤틀리게 아파서 사장님께 몸이 아프다고 말하고 집으로 왔다. 방에 누워 있으니 천정이 빙빙 돌아가고 출산하기위한 진통이 왔다. 통증 끝에 혼자 옥동자를 순산했다. 그러나 출근도 못하고 혼자 이를 악물고 미혼여지만 모정 때문에 잘 키워야 된다고 생각 했다.

그동안 벌어놓은 월급으로 한 달은 아기와 함께 생활을 했다. 더 이상은 생활비에다. 방세 때문에 놀을 수만 없었다. 공장에 아기를 없고 출근을 했다. 동료 직원들은 어디서 난 아기를 업고 왔느냐고 묻기에 내아기라고 하였다. 아기를 등에 없고 일을 하니 아기가 우는데 더 이상 아기울음소리 때문에 안 된다고 하였다. 공장 일하는데 지장이 있다며 사장님은 그동안 일한 일당을 주면서 가라고 등을 밀어내었다. 어쩔 수업이 식당을 찾아가 서빙을 하게다고 하였다. 아기를 데리고 어떻게 일을 하겠소, 사장님 할 수 있습니다. 음식 냄세! 사람들 술 먹고 떠드는 소리에 애기는 울고 주인은 더 이상 안 된다고 일당을 손에 쥐어주며 다른데 가보라고 쫓아냈다.

눈물을 흘리면서 세상 삶 힘들다는 것을 피부로 느꼈다.

고향 부모님께 아기를 맡기고 돈을 벌어야 되겠다고 생각을 했다. 고

향으로 아기를 없고 내려 왔다. 어머니께서는 결혼도 안했는데 무슨 날
벼락같이 아기를 나가주고 왔느냐?...... 어머니 아이는 정명헌 그때 저
의집에 자주오던 그 사람의 아이입니다. 명헌이와 결혼하여 아기를 낳
으면 정성용이라고 이름을 부르기로 하였다. 무정하게 헤어진 사람과의
약속 이지만 이름을 정성용이라고 하였다. 힘들지만 어머니께서 키워주
시면 양육비는 서울 가서 돈 벌어 보내드리겠습니다. 하고 맡겼다.

　어머니 조금 더 자라면 명찰을 꼭 아이 가슴에 달아 주고 대리고 다
니 서요, 당부 드리고 서울로 올라왔다. 5년 후 청천 벼락같은 소식이
왔다. 성용이 제법커서 데리고 점촌 시장에 갔다가 화장실에 가고 싶어
서 화장실 문턱에 꼼작하지 말고 있으라고 했다. 나와 보니 성용이 사라
지고 없었다. 성용아 소리소리 치며 불러보아도 찾을 수가 없었다는 불
길한 소식이었다. 서울에서 도희는 시골집으로 내려와서 사진을 실은
전단을 만들어 사방 벽보에 부치고 돌리며 찾았다. 그러나 땅으로 꺼졌
는지 하늘로 솟아는 지 찾지를 못했다. 수없는 날을 성용이를 찾아 헤매
다, 도희는 쓰러지고 말았다. 입술은 타들어가고 가슴 아린 상처를 남기
고 찾아주는 사람에게 현상금까지 걸었다. 그러나 만은 세월이 흘렀으
나 영영 찾지를 못했다. 죄를 지었으니 회계하기위하여 수녀가 되겠다
고 생각 했다. 성당을 찾아가 모든 것을 속죄하고 신앙에 믿음으로 살아
가려고 하였다. 그러나 미혼녀가 아기를 낳았기에 교리敎理에 수녀가
될 수 없다고 하였다. 봉정여로 혼자 살기로 마음을 먹엇다. 그동안 살
아온 인생사 말하면서 눈물을 흘린다. 서울 올라와 공장 공순이 생활에
서부터 시작해 닥치는 대로 일을 하였다. '사회복지사' 자격증을 취득하
여 요양병원에서, 치매 환자 수족을 못 쓰는 중추환자 들의 대소변을 치
워주며 수발을 들었다. 때로는 교통사고 등으로 사망한 시신 수습하는
일도 마다하지 않고 했다. 가톨릭 신앙의 뜻에 따라 선종봉사善終奉仕

를 하였다고 했다.

저녁 빛처럼 경이감이 있고 남루하지 않는 삶 순수함이 떠올라 흐트러진 옷깃을 그녀 앞에 여미게 되었다. 이제 인생 향로의 나침반이었고 영혼의 밭에 사람들의 마음과 세상풍파에 씻겨나지 않는 빛을 가졌다. 산속에 약초만큼 사회에 귀한 존재 그녀라고 생각되었다.

샛노란 양지 밭을 닮은 웃음이 입가에 피어오른다. 부쩍 짧아진 늦가을 빛깔은 길고 칙칙하게 매달려 중턱을 넘어 저물어가는 인생의 광체 같았다. 삼베처럼 거친 목소리로 지난 삶 몸이 부서지도록 일했다고 하였다. 이제 늙을지언정 낡아서는 안 된다는 지언知言의 말은 나를 옥죄였다. 결혼도 하지 않고 평생을 혼자 옛 임의 존재 하나 생각하고 살았다는, 그녀의 말에 할 말을 잊어 버렸다.

그녀는 한푼 두푼 모은 돈으로 부동산에 투자하여 수십억 재산 만들었다, 의지 할 대 없는 노인들 돌보는 사회복지시설을 설립할 계획을 가지고 있다고 했다. "노후 준비가 되어 있으니 언제라도 혼자 몸이 되면 오라고" 하였다. 잊어버린 40년 그녀에게 사랑의 빚을 지고 황혼이 되도록 살았다는 생각이 들었다.

우리 함께 성용이를 찾아봅시다. 컴퓨터 정성용으로 검색을 했다. 성용이라는 이름이 너무 많았다. 사진검색을 하여보니 명문대학 체육부 교수가 성용이와 얼굴이 많이 달마 열락을 했다. 어떻게 저를 만나자고 하십니까?......만나서 말하겠습니다. 그러면 어디에서 만나시렵니까? 인사동 전통 찻집에서 만나기로 약속했다. 약속장소에 먼저 가서 기다렸다.

후리후리한 키에 귀공자 같은 모습은 옛날 명헌의 총각 때의 모습이었다. 천륜은 속일 수 가 없는 것 같았다. 첫눈에 알아보고 여기입니다. 성용교수는 우리가 있는 자리로 와서 고개를 숙여 인사를 하였다. 자리에 앉으시오, 이렇게 오라고 해서 죄송합니다. 괜찮습니다. 차를 시켜 마시면서 지난 일들을 상세히 말하고 혹시 교수님 입양되시었는지요, 교수는 다섯 살 때 보육원에서 양부모님께 입양되어 이렇게 잘 자라 명문대 교수를 하고 있습니다.

죄송하지만 친자 유전자 검사를 하게 머리카락 뽑아줄 수 있겠습니까?......성용교수 물론 친자확인 해봐야지요, 역시 비록 부자 집에 양육되어 양부모님의 은혜로 공부도 많이 하고 교수가 되었습니다. 그러나 나를 나주신 부모는 어떤 분이고 왜서 버렸는지 알고 싶었습니다. 자초지종이야기를 듣고 선뜻 머리카락을 뽑아 봉투에 담아주며, 좋은 결과 있기를 바랍니다.

우리는 받아 들고 유전자검사를 으래 했다. 2일후에 오라하여 찾아갔다. 결과는 99.9% 확실한 친자라고 알려주었다. 고맙다는 인사를 머리숙여 하였다. 성용교수에게 연락하여 만나 친자검사확인서를 보여주고 울음바다가 되었다. 성용교수는 결혼하여 아들만 둘을 낳았습니다. 아버지 어머니 저의가족을 이렇게 찾게 하느님의 뜻이 있기에 감사의 기도를 드렸다.

스마트폰으로 찍은 자부와 손자들 사진을 보여 주면서 즐거워하고 함께 사진도 찍었다. 앞으로 해결할 문재가 너무 만아 차후 천천히 해결하기로 하였다. 명헌이와 도희의 40년의 세월을 꿈같이 살아온 드라마 같은 도희의 가슴에 응어리져 있던 남편과 아들 성용이를 찾게 되어 가슴 아린 한을 풀었다.

전병진

강원도 강릉 출신으로 한양대 광산과를 졸업한 후 동 양광업소 소장을 역임하는 한편. 전씨 강릉지구 종친회 4 .5대 회장과 강원도승마협회 14.15대 회장을 역임하였다. 한국문인 협회 회원 공직에서 물러난 이후, 고향의 산자락에 몸담으며, 카토릭관동대학교 평생교육원(문예 창작)과 강릉원주대학교 평생교육원(풍수지리학)을 수료하였다.

월간 문학세계 시 부문 신인상, 휴먼메신저 수필 부문 신인상을 받으며 등단하였다. 창작과 집필에 전념하면서 '애마의 삶.' '흑진주.' '봄이 오는 길목.' '잃어버린 30년.' '푸른 바람의 말.' 말 발굽 소리 등 다 수의 저서를 출간 하였으며, 허난설문학상. 황회문학상. 매월당 문학상을 수상하였다. 태권도 국기원 4단으로 문과 무를 함께 하였다.

특히 한국의 대표적인 승마인 가족으로 평생을 살아 오면서, 강원도 도지사 표창 2회. 강원체육 회장 공로상을 4회 수상을 하였으며, 강원도로부터 제22회 체육상과 아시아 승마연맹과 대한승마협회 회장으로부터 승마공로상을 2회에 걸쳐 수상한 바 있다.

꽃보다 아름다운 사랑

초판 인쇄   2015년 01월 29일
초판 발행   2015년 01월 31일

저   자 전 병진
발 행 인 윤 석산

발 행 처   (도)지식과교양
등   록   제2010-19호
주   소   서울시 도봉구 쌍문1동 423-43 백상102호
전   화   (대표) 02-996-0041 / (편집부) 02-900-4520
팩   스   02-996-0043
전자우편   kncbook@hanmail.net

ISBN   978-89-6764-038-5   03810   정가 12,000원